Susan Dominieren 3
Ein Neuer Meister

Susan Dominieren 3 Vol. 1

Erika Sanders

ERIKA SANDERS

Susan Dominieren 3
Ein Neuer Meister
(Erotische Herrschaft)

Erika Sanders
Serie
Susan Dominieren 3 Vol. 1

Zusammenfassung

Susan hebt die Scherben ihres Lebens auf und stellt sich mit Hilfe ihrer Freunde der Zukunft...

Ein Neuer Meister (Erotische Herrschaft) ist ein Roman mit starkem erotischen BDSM-Anteil und wiederum ein neuer Roman aus der Erotic Domination Collection, einer Romanreihe mit hohem romantischen und erotischen BDSM-Anteil.

Es ist auch der erste Teil der Serie **Susan Dominieren 3**, in der die Abenteuer von Susan, dem Alter Ego der Schriftstellerin, in ihrer Facette der Unterwerfung erzählt werden.

Hinweis zum Autorin:

Erika Sanders ist eine international renommierte Schriftstellerin, die in mehr als zwanzig Sprachen übersetzt wurde und ihre erotischsten Schriften, weit entfernt von ihrer üblichen Prosa, mit ihrem Mädchennamen signiert.

Index:

SUSAN DOMINIEREN 3
EIN NEUER MEISTER
(EROTISCHE DOMINATION)
ERIKA SANDERS

Susan lag wie ein Seestern, während der wogende Körper über ihr bei jedem Stoß grunzte. Ein weiterer gescheiterter Versuch, Freude an ihrer leeren Welt zu finden: „Verdammt, Robert!" Sie schrie in Gedanken, als der Mann schließlich stöhnte und von ihr rollte. Sie drehte ihren Kopf, um ihn anzusehen. Sie hatte gedacht, dass es dieses Mal anders sein würde; Diesmal hatte sie sich mit Bedacht dafür entschieden, mit einem älteren Mann zu flirten, mit der Begründung, dass er nicht zuletzt als Liebhaber erfahren und in der Lage sein würde, sie zumindest auf halbem Weg zu den klimatischen Höhen zu bringen, in denen sie für so kurze Zeit lebte. Alles, was sie jetzt empfand, war Abscheu vor dem Sperma, das an ihrem Oberschenkel herunterlief, und sie fragte sich erneut, was zum Teufel sie tat. Sie stand auf und zog sich schnell an.

„Hey Baby, wo gehst du hin? Das war nur zum Aufwärmen", sagte der Idiot und drehte sich mit einem unschuldigen Lächeln zu ihm um.

„Ich glaube nicht, dass ich es ertragen könnte, wenn meine Welt ein zweites Mal genauso durchgeschüttelt wird. Tut mir leid, ich muss gehen", schnurrte sie, schnappte sich ihre Tasche und verließ den Raum, bevor er noch etwas sagen konnte.

Sie nahm ihr Telefon und schrieb: „Was für ein Fehler das war, bei der Nachteule Kaffee zu holen." Zwanzig Minuten später saß Susan an einem kleinen Tisch in der Nähe der Theke, als eine makellos gekleidete Cassandra hereinkam und ihr gegenüber lächelnd Platz nahm.

„Wie schaffst du es immer, so toll auszusehen?" Susan lächelte zurück. „Es ist drei Uhr morgens, um Himmels willen, und sieh dich an." Sie gestikulierte auf und ab.

Cassandra lachte selbstironisch. „Dann ist es also nicht gut gelaufen?"

„Nein", stöhnte Susan und stützte ihren Kopf auf ihre Hände. „Robert hat mich für alle anderen ruiniert."

„Nun, Baby, du weißt, dass das nicht stimmt. Du suchst nicht an den richtigen Stellen, und das weißt du. Du versteckst dich jetzt seit fast sechs Monaten auf die eine oder andere Weise vor deinen Freunden. Es ist Zeit, zurückzugehen, meinst du nicht?" Cassandra griff über den Tisch und hielt ihre Hand. „Die Vanille-Welt ist nichts für Leute wie dich und mich. "

„Ohne Robert kann ich ihnen allen einfach nicht begegnen. All ihr Mitleid und ihre Freundlichkeit, bla", sie verzog das Gesicht.

„ Natürlich kannst du das! Du bist stärker, als irgendjemand dir je zugetraut hat, dich selbst einzuschließen. Kein schwacher kleiner Winzling hätte Robert ... und andere durch die Geräusche so in seinen Bann ziehen können. Lass uns realistisch darüber reden, wonach du suchst denn in diesen One-Night-Stands bereust du es unweigerlich.

Cassandra war im letzten Monat ihre Begleiterin und inoffizielle Babysitterin gewesen, als sie Andrews Angebot annahm, seine Strandhütte zu nutzen. Die Hütte, wie er sie nannte, war eher im Stil eines Strandhauses der gehobenen Klasse gehalten, und Cassandra war die meiste Zeit eine schweigsame Begleiterin geblieben, die nur hin und wieder andeutete , wie unzufrieden sie mit Susans Verhalten sei. Susan war ein wenig überrascht, dass Cassandra diesen Moment genutzt hatte, um nicht nur über ihre Rückkehr in die Stadt zu sprechen, sondern auch über den Lebensstil, den Robert mit ihr geteilt hatte.

„Oh, sieh mich nicht wie diese junge Dame an", klickte Cassandra. „Du weißt genauso gut wie ich, dass du hier draußen nie finden wirst, was du brauchst Du hast die Idee der Herrschaft genossen, bevor du zu ihm wurdest, nicht wahr?"

Susan nickte und erinnerte sich an ihre zum Scheitern verurteilten Versuche, den Sex mit ihrem Freund Harry aufzupeppen, bevor Robert sie für sich beanspruchte. Sie erinnerte sich an Harrys anspruchsvolle Art und Arroganz und wie sie auf seine Launen eingegangen war. Es war eine schreckliche Beziehung, aber sie wusste es damals nicht besser, sie wusste es jetzt. Das war es, was Cassandra ihr sagen wollte: Männer wie Harry und One-Night- Stands würden ihr niemals geben, was sie brauchte. Sie sehnte sich nach der Kontrolle und dem harten Einsatz eines Dominanten wie Robert. Ihre Augen verschleierten sich und sie sah wieder zu Cassandra auf. „Verdammt, Cassandra! Was soll ich jetzt tun?"

„ Nun , Sie sind jetzt eine sehr wohlhabende junge Frau und mit ein paar klugen Investitionen könnten Sie ein paar Katzen kaufen und sich für immer verstecken, wenn Sie wollen. Ich hoffe jedoch, dass Sie erkennen, dass das Leben für den Lebensunterhalt da ist, und sich wieder der Welt anschließen, die Robert geschaffen hat Ich möchte hinzufügen, dass du ein Teil davon bist. Einer Welt, die dich sehr vermisst und darauf wartet, dich zu Hause willkommen zu heißen", sagte Cassandra mit sanfter, mitfühlender Stimme. „Robert war deine Welt, so wie er es hätte sein sollen, aber jetzt sollte er nur der erste von hundert verschiedenen Geschmacksrichtungen von Kink sein, die du ausprobieren wirst. Glaub mir, das Ausprobieren einiger anderer Geschmacksrichtungen wird die Liebe, die du für ihn empfunden hast, nicht ändern. " weniger, es wird einfach mehr zu einer Erinnerung, wie es sein sollte.

„Das Leben ist zum Leben da, oder?" Susan lachte halb traurig.

„Du siehst doch nicht, dass ich mich nach dem Verlust meines Mannes und Meisters von vierzig Jahren verstecke, oder?" Cassandra drängte auf ihren Standpunkt.

„Machst du immer noch...", flüsterte Susan mit ehrfürchtiger Stimme.

„Natürlich, mein Lieber, ich bin alt und nicht tot!" Sie lachte aus vollem Herzen.

Sie unterhielten sich weiter, bis die Sonne den Wasserhorizont der Ostküste erreichte, bevor sie sich auf den Heimweg und in ihre Betten machten. Das lange Ausschlafen, das Susan geplant hatte, wurde durch ein Klopfen und dann das Quietschen ihrer eigenen Tür gestört, als Cassandra sie vollständig weckte, um zu erklären, dass sie Besuch hatten, und nicht um die späte Nacht zu erklären, von der sie gesagt hatte, dass Susan las.

„Steh auf und zieh dich schnell an, wir haben Gäste", lächelte Cassandra.

Susan erkannte, dass es wahrscheinlich Andrew, Gregory oder Barry für die wöchentliche Untersuchung waren. Sie stand auf, zog ein kurzes, eng anliegendes Baumwollkleid an und wusch sich das Gesicht, bevor sie ihr Haar zu einem unordentlichen Pferdeschwanz formte. Sie eilte hinaus und verlangsamte ihren Schritt kurz vor dem Wohnzimmer. Bevor sie erkennen konnte, wer die Gäste waren, wurde sie so umarmt, dass sie auf dem Rücken auf dem Boden lag und von einer lachenden Cinthia an ihrem Hals berührt wurde.

„Cinthia!" Susan quietschte entzückt und schockiert: „Wie? Wann? Wow!"

„Whoa, Cinthia, tu dem Mädchen nicht weh mit deiner Begrüßung." Barry stand plötzlich über ihnen und half ihnen auf die Beine. „Sie sehnt sich nach dir, seit du wieder weg warst. Ich konnte sie nur davon abhalten, Andrew und Gregory zu beißen, bis sie sich bereit erklärten, dich dieses Wochenende von uns überraschen zu lassen."

Susan schaute an Barry vorbei, während er sprach, und sah Gregory im Hintergrund stehen, der die überschwängliche Begrüßung beobachtete.

„Wie schön, Sie zu sehen, Meister Barry und Sir Gregory. Vielen Dank, dass Sie Cinthia zu mir gebracht haben. Ich habe sie sehr vermisst", sagte Susan etwas förmlich und fiel in die Anrede zurück, die Robert ihr bei der Begrüßung anderer eingeflößt hatte Dominanten.

„Hier brauchst du dich nicht auf Zeremonien einzulassen, kleines Stutfohlen", Barry hob Susan hoch und umarmte sie kräftig, sodass sie vor Vergnügen aufquiekte.

„Nun, Cassandra sagt mir, dass es Zeit ist, in das Land der Lebenden zurückzukehren, also sollte ich meine Fähigkeiten wirklich ein wenig auffrischen", grinste Susan und schenkte Cassandra ein schiefes Lächeln.

„Das sind großartige Neuigkeiten", sagte Cinthia leise mit ihrer tiefen, kehligen Stimme.

„ In der Tat", lächelte Gregory und nahm sie aus Barrys Umarmung, umarmte sie und stellte sie sanft auf ihre Füße. „Du siehst müde aus, Susan, hast du immer noch Probleme mit dem Schlafen?" In seiner Stimme lag Besorgnis.

„Nein, ich bin letzte Nacht einfach viel zu lange wach geblieben. Ich weiß nicht, wie Cassandra nach einer langen Nacht immer so frisch und schön aussehen kann." Susan nahm kunstvoll den Scheinwerfer von sich selbst und richtete ihn auf die ältere Frau, wobei sie sich wie sie fühlte Ich hätte mir mehr Zeit nehmen sollen, mich anzuziehen und mich auf die Begrüßung dieser Gäste vorzubereiten.

„Mit Schmeicheleien kommt man überall hin", grinste Cassandra, während die Männer ihre Zustimmung murmelten. „Gehen Sie raus auf die Terrasse, ich bringe ein paar Getränke mit", fuhr sie fort und eilte in die Küche.

„Ich werde helfen", bot Gregory an und ließ sich nicht abschrecken, als Cassandra versuchte, ihn zu verscheuchen. Als sie in der Küche waren, fragte sie: „Wie haben Sie sie dazu gebracht, darüber nachzudenken, nach Hause zurückzukehren?"

„Geduld, lieber Junge, sie musste erst noch ein paar Dinge klären, aber ich denke, sie ist bereit, wieder in die Welt einzutreten, aus der sie geflohen ist." Sie goss Kaffee ein und holte Saft aus dem Kühlschrank.

„Das sind gute Nachrichten; sie wurde vermisst", sagte Gregory und nahm das Tablett, das Cassandra zusammengestellt hatte.

„ So scheint es. Du und Robert standen euch nahe, nicht wahr?" Cassandra fragte im Gespräch, ihre Neugier spürte, dass es noch etwas gab, was Gregory nicht sagte.

„Er war mein Mentor und einer meiner engsten Freunde", nickte Gregory. „Ich möchte nur wissen, dass sie richtig versorgt wird."

„Für solch einen arroganten Bastard hat Robert bei seinen Freunden sicherlich Loyalität hervorgerufen", lachte Cassandra und Gregory lächelte.

„Im Herzen bist du immer noch ein Bengel, nicht wahr? Du hast Recht, obwohl er manchmal ein arroganter Bastard sein konnte; das war Teil seines Charmes." Er grinste. „Wenn du nach einem Tadel suchst, schau woanders hin, aber ich werde nicht derjenige sein, der dir die Tracht Prügel gibt, die du verdienst", tadelte Gregory sie.

„Oh scheiße", sie setzte einen gespielten Schmollmund auf, „Man kann es einem alten Mädchen nicht verübeln, dass sie es versucht hat." Gregory lachte und ging mit ihr zurück auf die Terrasse.

weiß es einfach nicht und ich schätze, da Andrew mein Vormund ist, müsste ich ihn fragen. Oh Meine Güte, da klinge ich wie ein Kind oder eine zurückgehaltene Frau", lachte Susan über ihre eigenen Worte.

Cinthia nickte, ihre Belustigung war deutlich zu erkennen, als Gregory und Cassandra sich zu der kleinen Gruppe setzten. Gregory zog eine Augenbraue hoch. „Worüber bist du dir nicht so sicher?"

„Bevor ... na ja, wissen Sie", Susans Stimme stockte leicht, bevor sie künstlich heller wurde, „hatte Robert mit einigen seiner Freunde einen Trainingsplan für mich zusammengestellt. Er wollte, dass ich einige der verschiedenen Facetten seines Lebensstils erlebe. Er erzählte es mir." Sie alle hatten mit ihrer Ausbildung verbundene Qualitäten, von denen ich profitieren konnte. Gregory und Cassandra sahen sie beide an und nickten zustimmend zu ihrer Aussage.

„Meister Barry hat gerade angeboten, die mit Robert getroffene Vereinbarung einzuhalten, und hat mich zu einem intensiven Training mit Cinthia auf die Ranch eingeladen", erklärte Susan weiter.

„Fühlen Sie sich dafür bereit?" Wieder klang Besorgnis in Gregorys Stimme, was dazu führte, dass Cassandra ihn noch einmal ansah und musterte.

„Ich weiß es nicht. Wie ich schon sagte, ich bin mir nicht sicher, und ich habe das Gefühl, dass ich mit Meister Andrew oder Alan darüber sprechen müsste ..." Sie biss sich nachdenklich auf die Lippe. „Ich meine, Meister Alan." Daran bin ich noch nicht ganz gewöhnt; Robert teilte meine Vormundschaft zwischen ihnen auf." Susan erklärte unnötigerweise.

„So wie ich es verstanden habe, ist das eine fürs Geschäft, das andere fürs Vergnügen", lachte Cassandra. „Beide sehr gutaussehende Meister , die viele Mädchen töten würden, um in deiner Haut zu schlüpfen." Sie neckte Susan und grinste.

„Warum geht ihr zwei Mädels nicht am Strand spazieren und tauscht euch aus? Das war der Sinn des hierherkommens. Das und Gregory vor weiteren Bissspuren zu bewahren", grollte Barry lachend. Ohne zweimal gefragt zu werden, ergriff Cinthia Susans Hand, ging die Terrassentreppe hinunter und ging voran zum Strand.

„Niemand wirft dir vor, dass du etwas Zeit brauchst. So wie alles passiert ist, war es einfach schrecklich." Cinthia wollte die Erinnerung nicht wieder hervorholen und hörte auf, mehr darüber zu sagen, indem sie einen Arm um Susans Schulter legte. „Jeder vermisst dich , aber wir verstehen es, weißt du."

Susan nickte dankbar und wollte unbedingt das Thema wechseln. Sie fragte: „Gibt es hier irgendwelchen interessanten Klatsch?"

„Ich fürchte, du bist es. Das Letzte, was ich gehört habe, ist, dass du mit einem Prinzen aus dem Nahen Osten durchgebrannt bist", sagte Cinthia mit vollkommen ernstem Gesicht und Susan brach in Gelächter aus.

„Aber im Ernst, denken Sie über die angebotene Ausbildung des Meisters nach. Wir würden uns freuen, wenn Sie bei uns bleiben würden. Und wenn Sie feststellen, dass unser Ding nicht Ihr Ding ist, dann bin ich mir sicher, dass die anderen Meister den Deal, den sie mit Robert gemacht haben, anerkennen würden, wenn Sie interessiert wären. " Cinthia ermutigte sie. „Du kannst jederzeit aufhören, wenn es sein muss , aber es wäre eine gute Möglichkeit, andere Leute in diesem Lebensstil kennenzulernen, ohne dich sozusagen tatsächlich auf den Fleischmarkt zu begeben. Du hättest den Schutz von Andrew und Alan, also wärst du praktisch verpflichtet." nur an den Master-Trainer, zu dem Sie für den vereinbarten Zeitraum gegangen sind, und Sie könnten die Vereinbarung so formulieren, dass eine Ausstiegsklausel vorhanden ist."

„Glaubst du, Roberts Freunde würden das für mich tun? Sie kannten mich kaum." Susan dachte tatsächlich darüber nach, ob sie, wie Cinthia sagte, jederzeit aussteigen könnte, wenn sie sich mit der Situation nicht sicher oder zufrieden fühlte. Das Beste von allem wäre, dass es ihr die Chance gäbe, etwas von dem überwältigenden Vergnügen zu erleben, das sie vielleicht mit Robert hatte. Nun, sie hatte eine größere Chance als hier draußen in der Vanilla-Welt.

„Ich denke, Sie wären überrascht, wie begehrenswert es Ihnen macht, das einzige Mädchen zu sein, das Roberts Kragen trägt", lächelte Cinthia, „ganz zu schweigen davon, dass Sie ein heißes Stück Sklavenfleisch sind. Wenn Sie sich selbst auf den Auktionsblock setzen würden, Das Bieten würde schnell und wütend sein.

„Hör auf zu necken", lachte Susan.

der Interessengruppen des Clubs einzuberufen, zu dem Sie berechtigt sind, und Sie werden sehen, wie schnell sie zustimmen."

zuerst an Andrew und Alan vorbeigehen ?" Susan war entsetzt über die Idee, sich alleine an die Interessenvertreter zu wenden.

„Andrew könnte versuchen, es dir auszureden. Er ist zu einer Mauer zwischen dir und deinen Freunden in diesem Lebensstil geworden. Du hast keine Ahnung, wie oft ich sowohl ihn als auch Gregory beißen musste, um herauszufinden, wo du dich versteckt hast. „Sie errötete trotz ihres Grinsens. „Wenn du entscheidest, dass du es tun willst, wird der Meister für dich sprechen, obwohl ich davon ausgehe, dass Gregory es Andrew trotzdem sagen wird. Er kam, um auf uns aufzupassen und sicherzustellen, dass wir dich in keiner Weise verärgern."

Susan dachte darüber nach, während sie schweigend am Strand entlang gingen. Cinthia war normalerweise eine schweigsame Frau, Susan dachte, das sei das Meiste, was sie je von dem anderen Mädchen gehört hatte. Die grinsende Susan blieb stehen und sah zu Cinthia auf. „Hast du dein tägliches Wortkontingent aufgebraucht, um mich zu überzeugen?"

„So ziemlich, versprich, darüber nachzudenken, du wirst die Ranch lieben und ich möchte dich öfter sehen", Cinthia umarmte sie und sie drehten sich wieder zum Haus um. „Der Meister hat schon seit ein paar Minuten gepfiffen, dass wir zurückkehren sollen, wir gehen besser zurück." Susan hörte nichts, aber Cinthias Gehör war legendär. Sie gingen in angenehmer Stille zurück.

Susan wusste, dass sie mit Andrew und Alan über die Idee sprechen musste, den Trainingsplan, den Robert für sie erstellt hatte, wieder aufzunehmen oder ihn zumindest leicht zu ändern. Sie hatte eine Position im Unternehmen inne und hatte diese in ihrer Trauer aufgegeben. Sie musste wissen, dass sie in die Firma zurückkehren könnte, wenn sie noch mehr Zeit von ihrem Job fernhalten würde, um mit den verschiedenen Meistern und ihren Mädchen zu trainieren, die sich bereit erklärten, den mit Robert getroffenen Deal einzuhalten.

Der Gedanke hatte jedoch ihre Gedanken erfasst und sie gab zu, dass es ihr viel besser und sicherer vorkam als das, was sie gerade tat, sich hier in dieser kleinen Strandstadt in einem abgelegenen Haus zu verstecken und sich mühsam One-Night-Stands anzueignen etwas anderes zu spüren als die große Leere, die sie zu verschlingen drohte, wann immer sie an diesen schrecklichen Tag in Italien dachte.

Cassandras Worte vom Vorabend hallten in ihrem Kopf wider: „Du suchst nicht an den richtigen Stellen... Du hast dich versteckt... es ist Zeit zurückzugehen... die Vanilla-Welt ist nichts für Leute wie dich und Mich.. "

Als sie das Haus erreichten, hatte Susan sich bereits entschieden, und nach sechs Monaten der Untätigkeit fühlte sie sich voller neuer

Energie und einer neuen Zielstrebigkeit. Eine Ausbildung und die Sklavin zu werden, die Robert wollte, könnte ihr vielleicht den Kummer und die Albträume ersparen, unter denen sie immer noch litt. Cassandra hatte recht; Es war an der Zeit, wieder in die reale Welt einzutreten und die Entscheidung zu treffen, das Leben, das sie gerade begonnen hatte, mit dem Mann, den sie geliebt hatte, weiterzuleben. Er hatte dies für sie gewollt, bevor sie ihn verlor, und er würde es immer noch für sie wollen; Sie argumentierte gegen das Schuldgefühl, das sie empfand, als sie anfing, weiterzumachen. „Robert würde das wollen", sagte sie sich fest.

Als sie wieder an Deck ankamen, hatte Cassandra das Mittagessen fertig und die Männer aßen bereits, nachdem sie einige Zeit auf sie gewartet hatten. Cassandra stellte einen kleinen Teller mit Essen vor Susan ab, bevor sie noch einmal sagte, dass sie keinen Hunger habe, nahm sich einen Teller und setzte sich.

Susan aß ruhig und gedankenlos, während ihr Geist immer noch darüber stritt, dass sie die Entscheidung getroffen hatte. Es war ein schwieriger Prozess, die Schuldgefühle, die aus ihrer Trauer kamen, loszuwerden, und sie fragte sich, wie Andrew und Alan reagieren würden, wenn sie es ihnen erzählte. Ohne es zu merken, saß sie eine Weile da und kaute auf ihrer Lippe, und Gregory stellte ihr zweimal eine Frage, bevor er ihren Arm berührte und sie aus den Gedanken riss, die sie beschäftigten.

„Wie ich sehe, esse ich immer noch nicht", sagte er. „Kein Wunder, dass es Ihnen schwerfällt, den Fragen am Tisch Aufmerksamkeit zu schenken."

„Es tut mir so leid, Sir Gregory", murmelte Susan und schob einen Bissen Essen über ihre Lippen.

„Wie du sein solltest", lächelte er. „Warst du und Cinthia eine Weile weg, alle eingeholt?"

„Oh ja, anscheinend ist Cassandra ein Prinz aus dem Nahen Osten und ich wusste es nie!" sagte sie ernst und Cinthia wieherte amüsiert.

Cassandra stotterte und sah auf. „Ich bin ein was?"

„Den neuesten Gerüchten zufolge bin ich mit einem Prinzen aus dem Nahen Osten durchgebrannt. Es ist irgendwie eine Schande, zurückzugehen und zu beweisen, dass dieses Gerücht falsch ist. Es klingt so aufregend", grinste Susan schließlich.

„ Du kommst also zurück in die Stadt?" Gregory fragte: „Oder gehst du zurück zu deinen Eltern?"

„Ich würde sehr gerne mit Meister Andrew und Meister Alan über die Idee sprechen, die Meister Barry hatte ... die Ausbildung fortzusetzen, die Robert für mich wollte", sagte sie zögernd. Obwohl sie die Entscheidung getroffen hatte, war sie sich immer noch nicht ganz sicher, wie sie genau an die Sache herangehen wollte. „Ich sollte wahrscheinlich zuerst nach Hause gehen und meine Familie sehen; ich weiß, dass sie sich Sorgen gemacht haben", sie kaute nachdenklich auf ihrer Lippe.

„Scheint, als ob Ihr Besuch genau zum richtigen Zeitpunkt kam", sagte Dorothy zu Barry. „Wir haben heute Morgen gerade gesagt, dass es an der Zeit ist, wieder in das Land der Lebenden zurückzukehren. Nicht wahr, Susan?"

„Das stimmt", lächelte Susan.

„Dann lass uns den Moment nutzen, Cinthia wird dir nach dem Mittagessen beim Packen helfen und Gregory kann dich zum Haus deiner Eltern fahren und du kannst die Nacht bei ihnen verbringen, damit sie dich besser als je zuvor sehen können, wenn auch zu dünn", Susan öffnete ihren Mund und machte ein paar Mal Lärm, aber Cassandra überwand ihre Versuche, sie zu unterbrechen, mit der effizienten Organisation ihres Lebens. „Das kannst du doch machen, Gregory , du hast doch dein eigenes Auto mitgebracht, nicht wahr?"

Gregory lehnte sich in seinem Stuhl zurück und beäugte die Frau, die gleichermaßen den Respekt von Unterwürfigen und Dominanten genoss, bevor er schweigend nickte. Seine Gedanken beschäftigten sich mit der Logistik der angehenden Manager, die im Club die Stellung hielten, und beschloss, Barry anzurufen und sicherzustellen, dass er da wäre.

„Susan, ruf deine Mutter an. Ich bin sicher, sie wird begeistert sein. Cinthia und ich werden die Küche aufräumen und mit dem Packen beginnen. Ihr Männer", sie drehte sich um und betrachtete sie, „ich glaube, es gibt eine Art Fußballspiel." Auf diesem komplizierten Fernseher da drin oder schwimmen gehen, aber nicht unter die Füße geraten.

Susan wurde vom Wirbelsturm von Cassandra auf Mission mitgerissen und war innerhalb von zwei Stunden gepackt und bereit zur Abreise. Sie stand neben den Autos und verabschiedete sich von Barry und Cinthia. „Es tut mir leid, dass wir heute keine richtige Zeit miteinander verbringen konnten."

„Wir sind nur gekommen, um sicherzustellen, dass du in Sicherheit und glücklich bist", sagte Cinthia und umarmte sie sanft.

„Ich bin gekommen, um zu verhindern, dass sie irgendjemanden beißt, sie hat einen wirklich schlechten Ruf", grollte Barry und gab Cinthia einen Klaps auf den Hintern. „Ich hoffe, dass dieser kleine Besuch sie beruhigen wird, bis Sie uns auf der Ranch besuchen." Er nahm sie in eine seiner bärenstarken Umarmungen und drückte sie, bis sie laut quiekte. „Ich liebe das Geräusch, das du machst, wenn ich dich gerade genug drücke." Er setzte sie ab und Cinthia liebkoste zum Abschied ihre Wange.

Barry hupte und wartete, bis Cassandra und Gregory auftauchten, bevor er sich auf den Rückweg zu ihrer Ranch machte.

„Ich bleibe noch ein paar Tage; ich liebe es hier und ich muss meine alten Batterien mit etwas stiller Besinnung wieder aufladen", sie umarmte Susan, „bei Gregory bist du in guten Händen. Lass dich von deiner Mutter ernähren." Ein oder zwei Tage bevor du in die Stadt gehst, wird alles, woran du denkst, auf dich warten.

Gregory öffnete Susan die Autotür und Cassandra ließ sie los. „Pass auf sie auf, Gregory, sie ist kostbar."

„Ich weiß", lächelte er und stieg auf die Fahrerseite. „Schnall dich an, Susan." Er wartete, bis sie sich angeschnallt hatte, bevor er den Motor startete und losfuhr und Cassandra zurückließ, um ihre Einsamkeit zu genießen. „Du sahst müde aus, versuche etwas zu schlafen, bevor wir zu deinen Eltern kommen. Ich möchte nicht, dass du Ärger bekommst, weil du nicht auf dich selbst aufpasst. Cassandra hat recht, du bist im Moment zu dünn."

„Danke", sagte sie leise, „es tut mir leid, dass Cassandra Sie dazu gedrängt hat, mich nach Hause zu fahren. Ich bin sicher, Sie haben Besseres zu tun, als mich herumzuchauffieren."

„Es ist wirklich schön, deine Gesellschaft zu haben", lächelte Gregory.

„Mal sehen, ob es dir auch so geht, nachdem ich angefangen habe zu schnarchen", Susan lehnte ihren Sitz leicht zurück.

„Ruhe dich aus, Kleiner", gluckste Gregory. „Ich drehe die Stereoanlage auf, um dein Schnarchen zu dämpfen, wenn es zu laut wird."

*****

Caty fuchtelte um das Auto herum, bevor es überhaupt zum Stillstand gekommen war. Susan war dankbar, dass Gregory sie zwanzig Minuten vor ihrer Ankunft geweckt hatte , und dank der Bereitschaft von Cassandra hatte sie alles, was sie brauchte, um erfrischt auszusehen und sich erfrischt zu fühlen, in einer kleinen Tasche zu ihren Füßen im Auto.

„Baby, du bist da!" Caty rief, als wäre es eine Überraschung, und deutete auf Paul: „Schau, wer hier ist. Schau, wer hier ist!"

„Hey, da, Susy", sagte Paul, als sie aus dem Auto stieg. „Danke, dass du sie runtergebracht hast , Gregory. Kann ich dich dazu verleiten, zum Abendessen zu bleiben?"

„Wie könnte ich mir die Chance entgehen lassen, die legendäre Küche Ihrer Frau zu probieren? Wissen Sie, Alan prahlt ständig damit, dass sie ihn mit den besten Makronen des Landes versorgt." Gregory lächelte und nahm das Angebot gnädig an. Während ihres kurzen Telefongesprächs hatte Andrew Gregory gedrängt, bei Susan zu bleiben, und ihm aus eigener Erfahrung erklärt, wie leicht es ist, in Trauer und Melancholie zurückzufallen, selbst wenn alles so viel besser zu sein scheint. Gregory glaubte nicht, dass dies bei Susan der Fall sein würde, hatte aber nicht widersprochen, sondern zugestimmt, so lange zu bleiben, wie ihre Eltern es ihm erlaubten.

Er griff auf den Rücksitz des Autos und holte eine Flasche Rotwein und einen kleinen Blumenstrauß hervor. „Unsere Freunde hatten mich gewarnt, Ihre großzügige Gastfreundschaft zu erwarten", sagte er freundlich.

„Wenn wir das öffnen, musst du vielleicht über Nacht bleiben", Paul blickte anerkennend auf die Flasche. „Caty, lass Susan für eine Minute allein und sag Hallo zu unserer neuen Freundin. Das Bett im Gästezimmer ist gemacht, nicht wahr?"

„ Natürlich, was glaubst du, was für ein Haus ich hier betreibe!" Caty umarmte Gregory und küsste ihn auf die Wange, als wären sie bereits alte Freunde.

„Du bist genauso schön, und Alan hat mir gesagt, wenn du jetzt nur halb so gut kochst , könnte ich dich einfach deinem Mann wegnehmen", schmeichelte Gregory ihr und genoss das Erröten, das seine Worte hervorriefen.

„Jeder will meine Frau stehlen", Paul warf seine Hände hoch, „Lass uns reingehen und den Kühlschrank plündern, Susy, deine Mutter ist sofort einkaufen gegangen, als du angerufen hast. Alle deine Lieblingssachen sind da drin." Sein Arm legte sich um ihre Schulter, als sie hineingingen, und er beugte sich näher und fragte: „Wie geht es dir wirklich?"

„Mir geht es gut, Dad, besser als je zuvor..." Ihre Augen verdunkelten sich. „Nun, du weißt schon." Er drückte ihre Schulter und nickte.

„Fass meinen Kühlschrank nicht an , Paul, du bist auf Diät, erinnerst du dich?" rief Caty und eilte ihnen nach.

„Sie versucht mich auszuhungern!" Paul beschwerte sich lautstark.

„Mach dir keine Sorgen, Papa, ich schmuggle dir ein paar Leckereien", zwinkerte Susan und Caty schnaubte die beiden verärgert an.

Gregory kicherte, als er die Szene beobachtete. Er hatte geglaubt, dass die liebenswürdige, unterwürfige Natur von Susan aus einer angesehenen patriarchalischen Familie stammte, und obwohl er im Nachgang der Jubiläumsfeier von Alan und Robert davon gehört hatte, als Barry an einem Abend damit beauftragt worden war, ihre gesamte Wohnung umzuziehen Er war immer noch nicht auf die warme, liebevolle Szene vorbereitet, deren Zeuge er wurde.

Die Leitung des Clubs als Roberts rechte Hand in den Jahren von Andrews Abwesenheit hatte ihm ein gutes Verständnis dafür vermittelt, was Frauen dazu brachte, ihre Unterwürfigkeit anzunehmen. Mädchen aus zerrütteten Familien oder mit gewalttätiger Vergangenheit, Mädchen mit Vaterkomplexen, die sich nach dieser autoritären Kontrolle sehnten, aber wieder einmal hatte Robert ihn mit seiner Wahl für Susan überrascht. Sie entsprach nicht dem typischen masochistischen Profil, das Robert immer favorisiert hatte. Es mangelte ihr weder an Selbstvertrauen, noch wirkte Paul wie der strenge Disziplinarist, den er erwartet hatte. Dennoch wusste er, dass die zierliche junge Frau vor ihm die Fesselsklavin eines seiner engsten Freunde war.

Er schüttelte den Kopf angesichts der Gegenüberstellung der verschiedenen Aspekte von Susans Leben und fragte sich beiläufig, wie sie sich in der Berufswelt von Roberts Unternehmen verhielt. Sie studierte Betriebswirtschaft, wenn er sich richtig erinnerte, und er versuchte, sie sich in Business-Anzügen und High Heels vorzustellen, statt in den freizügigen Outfits, die sie im Club trug, oder in schlichten Sommerkleidern, die sie gerade trug .

Sobald sie sich in ihren Zimmern niedergelassen hatten, gingen sie in den Innenhof und setzten sich in den kühlen Schatten der Bäume. Es war Susan, die endlich das angenehme Schweigen brach. „Es tut mir leid, dass ich in den letzten Monaten unerträglich war", wandte sie sich an ihre Eltern.

„Still jetzt", ihre Mutter wischte die Entschuldigung ab, „Sie hatten guten Grund. Wir alle haben Robert geliebt." Catys Augen begannen zu beschlagen.

„Nun, nun, meine Liebe", begann Paul, aber Susan beendete den Satz für ihn.

„Nicht vor Susan", kicherte sie. „Es ist wirklich in Ordnung. Mir geht es gut. Was sagen sie? Man kann nicht rückwärts gehen, nur vorwärts, und ich habe mein Leben zu lange auf Eis gelegt. Robert ist gestorben; ich nicht, und ein weiser Freund." sagte mir kürzlich, dass das Leben für die Lebenden da sei. Ich werde ihn immer lieben, wissen Sie, und sein Andenken fest in meinem Herzen tragen, aber es ist Zeit, die Welt wieder zu umarmen. Susan sah die Besorgnis in den Gesichtern ihrer Eltern und wusste, dass sie nicht überzeugt waren. Sie wandte sich hilfesuchend an Gregory.

„Ich für meinen Teil würde mich einfach freuen, wenn du mehr essen würdest, du bist viel zu dünn und gebrechlich geworden. Nicht die robuste kleine Susan, die ich kannte. Also, was steht zum Abendessen auf der Speisekarte, Caty, darauf habe ich mich gefreut." „Die ganze Fahrt hier oben", wechselte Gregory taktvoll das Thema.

„Nur ein paar Nudeln, fürchte ich, nichts Besonderes", aber sie strahlte vor Stolz über das Kompliment für ihre Kochkünste.

„Sie hat viel Aufhebens um Pasta al'ama gemacht", sagte Paul flüsternd zu Susan, die breit lächelte.

„ Oh mein Gott, das liebe ich!" Susan war begeistert. „Sie macht Ente. Das ist eines meiner Lieblingsgerichte!" Sie übersetzte für Gregory.

„Großartig, ich kann es kaum erwarten!" Gregory schwärmte: „Es wird großartig zu dem Rotwein passen, den ich mitgebracht habe."

„Wie lange bleibst du, Susy? Deine Mutter hat genug Lebensmittel gekauft, um dich sechs Monate lang zu ernähren, alle deine Lieblingsspeisen!" Paul kicherte.

„Nachdem ich die Entscheidung getroffen habe, wieder in das Land der Lebenden zurückzukehren , möchte ich irgendwie dorthin zurückkehren", sagte sie leise, da sie ihre Eltern mit einem so kurzen Aufenthalt nicht enttäuschen wollte. „Und ich habe mich gefragt, ob ich Sie vielleicht morgen früh um Rat fragen könnte ?" Sie ließ ihren Blick zu ihrer Mutter schweifen, die auf der Kante ihres Sitzes saß, aber aufgrund der Hand, die Paul ihr auf die Schulter gelegt hatte, um ihre Beschwerden zu lindern, still blieb.

„Es gibt keine bessere Zeit als jetzt", lächelte Paul. „Komm in meine Höhle und ich werde diese lustige weiße Perücke aufsetzen, über die du so gerne lachst."

ihr die Hand reichte, folgte sie ihr. Gregory musste zugeben, dass er von dem Mann beeindruckt war. Seine subtile Dominanz gegenüber seiner Frau und seiner Tochter zeigte sich in der Art und Weise, wie er ruhig und in einem Ton sprach, der keinen Streit duldete, und in den körperlichen Gesten, die er mit seiner Frau austauschte, um ihren emotionalen Ausbruch über Susans scheinbares Verlangen, in die Stadt zurückzukehren, zu beruhigen.

Susans Familienleben nicht genau unter die Lupe genommen hätte , hätte er vielleicht nur die liebevolle Wärme gesehen, mit der er diese Dinge tat, aber Gregory hatte keinen Zweifel daran, dass der Mann der König seines Schlosses war. Er drehte sich um, um mit Caty ein kleines Gespräch zu führen und sie nach Rezepten und Ähnlichem für einen Freund seines Barry zu fragen, der ein Koch war, der immer darauf aus war, seine Speisekarte zu ändern und mit Essen zu experimentieren.

Als Susan im Arbeitszimmer ihres Vaters stand, fühlte sie sich wieder wie ein verirrter Teenager. Dies war der Raum gewesen, in dem sie nie mit ihrem Vater gestritten hatte. Sie gab ihre Missetaten zu und nahm jede Strafe auf sich, die er ihr auferlegte. Es schien seltsam, hier zu sein und ihn um Rat zu fragen, aber irgendwie passend. Dieser Raum erinnerte sie an seine Intelligenz und seinen Geschäftssinn. Wie er eine Teilhaberschaft in einem großen Unternehmen aufgegeben und sich kurz nach ihrer Geburt selbstständig gemacht hatte, um eine Privatpraxis zu eröffnen und ihr das Leben zu ermöglichen, das sie in dieser idyllischen Landstadt genoss, als sie aufwuchs.

„Nehmen Sie Platz, Susan", lachte er. „Sie sind hier kein Kind, das sich ausschimpfen lässt."

Aus irgendeinem Grund war sie plötzlich nervös, in ihrem Kopf hatte alles so viel Sinn ergeben, als sie in den letzten Wochen darüber nachgedacht hatte, aber jetzt , da sie hier in diesem Raum war, fehlten ihr die Worte.

„Ich bin reich", platzte es plötzlich aus ihr heraus, um gleich zu beginnen. „Dank Robert, meine ich."

„Nennen wir es unabhängig wohlhabend", lächelte Paul, „und ja, dank Robert sind Sie außerordentlich gut versorgt. Wohin führt das?" fragte er schlau.

„Ich glaube nicht, dass ich es ertragen kann, in Roberts Firma zu arbeiten, umgeben von unseren Freunden und den Erinnerungen. Mir geht es gut", beeilte sie sich, ihn zu beruhigen, „aber ich wunderte mich über die Logistik beim Kauf eines kleinen Franchise-Unternehmens oder einer eigenen Firma." Ich meine, habe ich genug Kapital? Ich habe einen BWL-Abschluss und weiß, wie alles funktioniert, aber ich habe gelernt, dass die Realität kleiner Unternehmen oft nicht mit den Lehrbüchern übereinstimmt." Sie atmete aus, ohne zu merken, dass sie angehalten hatte, als sie endlich zu ihrem Punkt kam.

„Das hängt vom Geschäft ab. Hatten Sie etwas Bestimmtes im Sinn?" Paul betrachtete die junge Frau, die auf der anderen Seite seines Schreibtisches saß und versuchte, die Situation aus der Sicht einer Anwältin und nicht aus der eines Vaters zu betrachten.

„Ich dachte eher an den Einzelhandel, an ein Fachgeschäft als an die Fertigung", sagte sie hoffnungsvoll. „Vielleicht etwas Lustiges wie Designer-Kleider oder Modeschmuck zu vernünftigen Preisen oder eine Kombination aus beidem."

„Ich schätze, mit den Einnahmen, die Sie vierteljährlich aus den Dividenden der Aktien erhalten, die Sie an Roberts Unternehmen halten, könnten Sie es sich leisten, ein eigenes Designerhaus oder Juweliergeschäft zu eröffnen", sagte Paul.

„Ich habe darüber nachgedacht, dass ich bei meiner Rückkehr mit Alan darüber reden würde, ob ich zunächst einige Hersteller und Einzelhandelsgeschäfte besuchen werde, um zu sehen, wie sie funktionieren. Stellen Sie sicher, dass es das Richtige für mich ist, in das ich investieren kann", sagte sie leise.

„Das ist eine kluge Herangehensweise", stimmte Paul zu und war stolz auf die offensichtliche Reife seiner Tochter in ihren Denkprozessen. Zu Beginn des Gesprächs hatte er sich Sorgen gemacht, dass sie um etwas Frivoles oder Gefährliches bitten würde, Flugstunden in ihrem eigenen Privatjet oder etwas Ähnliches.

„Das würde eine ziemliche Reise bedeuten, und du weißt schon, Mama." Susan brauchte den Satz nicht zu beenden, als sie sah, wie ihr Vater nickte und nachdenklich aussah.

„Du könntest sie auf ein oder zwei Ausflüge mitnehmen", schlug Paul vor.

„Vielleicht, aber es ist etwas, das ich gerne alleine machen würde, etwas, das nur mir gehört, wissen Sie? Von hier aus habe ich für Robert gearbeitet, ich hatte immer jemanden, der sich um mich kümmerte." Sie schaute ihrem Vater in die Augen und straffte die Schultern: „Ich möchte sehen, wie es ist, in meinem Leben große Entscheidungen zu treffen, im Guten wie im Schlechten, und wissen, dass ich immer noch ein Zuhause und ein Einkommen habe, wenn es nicht klappt." ." Sie lächelte schief. „75 Prozent der ersten Unternehmen scheitern, aber ich würde es wirklich gerne versuchen. Ich werde nicht alleine reisen;

meine Assistentin wird mich sicher begleiten, wenn ich ihr alles erzähle."

„ Im Grunde geht es hier also mehr darum, dass ich mit deiner Mutter umgehe, als um geschäftliche Ratschläge", grinste Paul. Susan errötete tief und kaute auf ihrer Lippe. „Als dein Vater bin ich stolz darauf, dass du zu einer intelligenten, rücksichtsvollen jungen Frau herangewachsen bist, und ich werde deiner Mutter helfen, so gut ich kann, aber wir wissen beide, wie sie auf längere Abwesenheiten reagieren wird, besonders nach dem, was passiert ist." Italien." Susan verzog das Gesicht und nickte und öffnete den Mund, um etwas zu sagen, aber er hob seine Hand, um sie zu beruhigen.

„Als Ihr Anwalt möchte ich Sie jedoch davor warnen, vorschnelle Entscheidungen zu treffen, und Sie darauf hinweisen, dass alle geschäftlichen Transaktionen persönlicher Natur außerhalb des Unternehmens, bei dem Ihre Interessen in den sicheren Händen von Alan und Andrew liegen, über mich abgewickelt werden." Ist Susan nicht verhandelbar , fixierte Paul sie mit strengem Blick und sagte: „Kein Geschäftsmann würde ohne den Rat eines Anwalts handeln."

„Ich verstehe", lächelte Susan.

kurzfristige Anlageanleihen investieren , sagen wir sechs bis zwölf Monate. Das gibt Ihnen genügend Zeit zum Reisen und zum Erkunden aller Möglichkeiten", sagte Paul ganz sachlich, als er tippte sein Computer. „Zwölf Monate wären besser, um sicherzustellen, dass Sie über ausreichend Kapital verfügen, ohne den größeren Betrag anzutasten, der bereits in langfristige Investitionen investiert ist."

„Danke, Papa, und danke, dass du mich gerade nicht wie einen verwundeten Vogel behandelt hast. Mir geht es wirklich gut. Ich wünschte nur, alle anderen um mich herum würden aufhören, auf Eierschalen zu laufen. Es war schrecklich und ich zucke immer noch bei lauten Geräuschen zusammen , aber mir geht es gut und ich bin bereit, wieder zu leben", sagte Susan überzeugt.

„Wen versuchst du zu überzeugen, mich oder dich selbst?" Paul lachte und kam um den Schreibtisch herum. „Wir gehen besser da raus, sonst wird deine Mutter wütend, weil wir das Essen ruiniert haben. Tust du mir einen Gefallen?" Paul sah zu, wie Susan nickte: „Iss so viel du kannst und trink viel, sie lässt sich leichter überzeugen, wenn du nicht weiterhin hungerst."

Susan lachte und stimmte zu. Paul hätte sich keine Sorgen machen müssen, dass Susan hungrig war, und das Essen war wie immer hervorragend. Sie fühlte sich wirklich gut über die Entscheidungen, die sie in den letzten vierundzwanzig Stunden getroffen hatte, und nachdem sie ihren Vater davon überzeugt hatte, dass sie zu einem rationalen Geisteszustand zurückgekehrt war, musste sie nur noch die Hürde überwinden, ihre Vormunde und Beschützer Andrew und Alan zu überzeugen.

„Es tut mir allen leid. Ich glaube, ich brauche einen frühen Abend", sagte Susan und stand unsicher vom Tisch auf, während sie nach dem Nachtisch, den sie gezwungen hatte, sich zu unterhalten, um ihren Eltern eine Freude zu machen, freundlich plauderten. Sie hatte sich entspannt und ihr Weinglas im Laufe des Essens mehrmals nachfüllen lassen . Sie trank selten viel, und dadurch fühlte sie sich so herrlich warm und behaglich, dass ihre Augen zu hängen begannen.

„Wachst du immer noch mit Träumen auf?" fragte Caty besorgt.

„Jetzt seltener", lächelte Susan und ging zur Treppe.

„Ich glaube, du brauchst vielleicht Hilfe." Gregory trat an ihre Seite und legte einen Arm um ihre Taille. „Ich bin gleich wieder da", sagte er über seine Schulter, während er die betrunkene Susan die Treppe hinaufführte.

„Du weißt, dass du sehr gutaussehend bist", sagte sie und sah zu dem großen, massigen Mann auf, der sie stützte, als sie oben an der Treppe ankamen. „Ich wünschte, du wärst dabei gewesen, als ich One-Night- Stands abgeholt habe. Du wärst nicht gegangen." Ich bin mir sicher, dass ich high und dry bin . Vanille ist jetzt ein wirklich leckerer Geschmack, und ich habe ihn früher geliebt. Es ist lustig, finden Sie nicht?" Susan sprach, ohne den entsetzten Gesichtsausdruck von Gregory zu bemerken.

„Du hast Männer aufgegriffen? In Bars?" In seiner Stimme lag Ungläubigkeit.

„Ja, damals schien es eine gute Idee zu sein", sagte sie schläfrig, „Dud fickt sie alle." Cassandra erklärte, dass Vanille mich nie wieder befriedigen würde. Dann kamen Barry und Cinthia mit ihrer Idee, und ich dachte, was zum Teufel, da Es muss mindestens eine Dominante da draußen geben, die mich nicht wie einen zerbrechlichen Vogel mit gebrochenem Flügel behandelt und mir gibt, was ich brauche."

„Geh schlafen", knurrte Gregory und unterdrückte seine Wut, sodass sie ihre Augen wieder öffnete, um ihn anzusehen.

„Ich habe das Mitleid in den Augen aller und die Eierschalen, auf denen alle um mich herum herumlaufen, satt. Ich kann nicht einfach wie ein kaputtes Spielzeug in ein Regal gestellt werden. Verstehst du das richtig?" Es klang, als würde sie verzweifelt versuchen, ihn zu überzeugen, und er war schockiert über ihre Worte: „Ich habe Robert geliebt , aber er ist weg, er hat mich verlassen, ich möchte wieder etwas spüren, das intensive Vergnügen kennenlernen, das er mir wieder bereitet hat, es." Es muss keine Liebe sein, nur jemand, der mir das Gehirn aus dem Leib ficken kann, so wie er es getan hat. Sie kicherte über ihre eigenen krassen Worte und bedeckte ihren Mund.

„Schlaf Susan", Gregory streichelte ihr Haar und sah zu, wie sie die Augen schloss.

„Du bist sehr hübsch", flüsterte sie schläfrig, „Ich wette, du könntest meine Welt rocken."

Gregory sagte nichts, sondern wartete, bis sich ihre Atmung in den tiefen Schlafrhythmus verwandelte, bevor sie den Raum verließ. Mit einem Lächeln betrat er die Küche, in der Caty und Paul gerade aufräumten. „Sie trinkt normalerweise nicht viel, oder?", sagte er mit einem kleinen Lachen.

„Nein, aber Rotwein ist gut für den Körper, fragen Sie einen Arzt", sagte Caty. „Es war schön, sie so entspannt und glücklich zu sehen. Hast du gesehen, dass sie den ganzen Teller Pasta und Nachtisch aufgegessen hat? Ich denke, wir haben unser Mädchen vielleicht aus ihren dunklen Tagen zurückgeholt", Caty umarmte Paul impulsiv, ihre Augen wurden wieder einmal feucht.

„Nun, nun, meine Liebe, lass uns unseren Gast nicht unbehaglich machen", Paul umarmte seine Frau.

„ Eigentlich habe ich gerade darüber nachgedacht, wie wohl ich mich hier seit unserer Ankunft gefühlt habe. Die Legenden über Ihre Gastfreundschaft sind alle wahr, ich freue mich, Ihnen berichten zu können", lächelte Gregory das Paar an.

„ Nun , ich lasse euch Männer männliche Dinge tun und auch früh schlafen", Caty wischte sich die Hände an einem Geschirrtuch ab und gab ihrem Mann einen Gute-Nacht-Kuss. „Schlaf gut, Gregory", sie umarmte ihn kurz und ging ebenfalls die Treppe hinauf .

„Willst du sehen, was ich Susan zum Geburtstag geschenkt habe?" fragte Paul mit einem schelmischen Grinsen.

„Ich wusste nicht, dass sie bald Geburtstag hat", gab Steven zu, „aber sagen wir mal, ich bin auf jeden Fall neugierig."

Die Männer gingen in die Garage, wo Paul stolz einen Nash Healy Roadster enthüllte. Die Zeit verging danach schnell, als der Autoliebhaber Gregory Paul mit Fragen bombardierte und sich beim Basteln am Motor die Hände schmutzig machte. Ein hoher Schrei zerriss die Luft, und Paul fluchte, schüttelte den Kopf und streckte einen Arm aus, um Gregory davon abzuhalten, zurück zum Haus zu rennen.

„Sie hat Albträume wegen der Schießerei", sagte er traurig. „Wir sollten besser hier draußen aufhören, obwohl sie herunterkommen wird, um Gesellschaft zu suchen, wenn das Licht noch an ist."

Gregory grunzte und wusch sich, bevor er Paul mit der Autoabdeckung half. Sie waren auf dem Weg zurück zum Haus, als

Susan im Hinterhof auftauchte. „Ich bin eine Nachteule; ich kann Susan Gesellschaft leisten, wenn du ins Bett gehen willst", bot Gregory an.

„In Ordnung", stimmte Paul zu. „Es gibt dort eine Reihe von Filmen, wenn Sie sich einen ansehen möchten." Er umarmte Susan. „Warum suchst du dir nicht eins für ihn aus? Du kannst zusehen, bis du wieder einschläfst."

„Okay, Dad", murmelte Susan schläfrig und ging zurück ins Haus, gefolgt von den beiden Männern.

Gregory saß auf der Couch, während Susan einen Film auswählte. Der Vorspann begann zu laufen, und er sah, wie sie zu einem der Einzelsessel ging. „Komm, setz dich zu mir, Kleiner." Gregory ließ ihr mit dem Tonfall, den er benutzte, kaum eine Wahl. Wenn sie wollte, dass die Leute wieder normal mit ihr umgingen, war das für ihn in Ordnung. Ihm gefiel der überraschte Ausdruck auf ihrem Gesicht, als sie sich kurz umdrehte, um ihn anzusehen, bevor sie zu der Couch ging, auf der er saß.

Er grinste sie an, warf ein Kissen neben seine Füße auf den Boden und bedeutete ihr, sich dort hinzusetzen. Er beobachtete, wie sich die Emotionen auf ihrem Gesicht abspielten, als sie zu Beginn des Films mit dem Rücken zu ihm auf dem Kissen kniete und auf die Leinwand blickte. Gregory streckte die Hand aus, spielte mit ihren Haaren und flüsterte: „Gutes Mädchen." Er sah zu, wie sie sich unter seinen sanften Streicheleinheiten entspannte und nahm den Film kaum zur Kenntnis, als er ihre Worte von vorhin noch einmal abspielte. Andrews besitzergreifende Vormundschaft war das Einzige, was ihn davon abhielt, sie für ihr rücksichtsloses Verhalten zu disziplinieren, aber vielleicht würde er das alte Mädchen doch disziplinieren, weil es es geduldet hatte.

Susan begann sich zu senken und lehnte sich an sein Bein, als sie schläfrig wurde, und legte schließlich ihren Kopf auf seinen Oberschenkel. Gregory schaltete den Fernseher aus, trug Susan nach oben und legte sie wieder ins Bett, bevor er in sein eigenes Zimmer ging. Er hatte Roberts Anziehungskraft auf das Mädchen nie wirklich verstanden; Sie kam Gregory immer so klein und zerbrechlich vor, der sie mit einer Größe von 1,90 Meter und seiner Breite sowohl an Größe als auch an Kraft überragte. Nachdem er im letzten Monat mehrere Tage mit ihr verbracht hatte, war sie im Strandhaus gewesen und als er sie mit ihrer Familie zu Hause sah, musste er zugeben, wie verlockend ihre scheinbare Verletzlichkeit war, die eine starke, intelligente junge Frau verbarg. Zum zweiten Mal an diesem Abend gab er zu, dass sie nicht das typische Mädchen war, das durch den Club kam.

*****

Sie waren am nächsten Tag nach dem Mittagessen losgefahren und mit Makronen für Andrew und Alan sowie für sich selbst beladen zurück in die Stadt gefahren. Je näher sie ihrem Zuhause kamen , desto unruhiger wurde Susan und sie begann unruhig zu werden. Gregory brach das lange Schweigen, das sich über sie gelegt hatte, nachdem ihnen die Höflichkeiten über ihre Familie und das Essen ausgegangen waren. Besorgnis, gemischt mit brodelnder Wut, die er empfand, konfrontierte er Susan mit ihren Worten vom Vorabend.

„Wie konntest du so rücksichtslos sein, Susan", fragte er schließlich, „One-Night-Stands? Im Ernst, du hast das für eine gute Idee gehalten?"

Susan schluckte. „Ich hatte gehofft, ich hätte davon geträumt, dir das zu erzählen. Bitte sag es Meister Andrew nicht. Wenn du so wütend bist, wird es ihm nur zehnmal schlimmer gehen."

„Das werde ich nicht", schnappte Gregory, „Aber das wirst du. Wenn du eines der Mädchen wärst, für die ich verantwortlich bin, wärst du bereits bestraft worden. Das überlasse ich Andrew. Du wirst ihm sagen, was du erzählt hast. " Ich habe mich letzte Nacht um alles gekümmert! Mache ich es klar?"

„Ja, Sir Gregory", flüsterte Susan und spürte, wie ihr Tränen in die Augen traten.

„Hat Robert Ihnen nichts über persönliche Sicherheit beigebracht? Wie können Sie sich bei Bedarf zu Wort melden ? Wie können Sie so rücksichtslos sein?" Er wiederholte sich.

„Niemand würde mich anfassen oder richtig mit mir reden. Alle schauten mich nur mit Mitleid oder ihrer eigenen Trauer an. Sie waren alle zu besorgt, dass ich einen weiteren Zusammenbruch erleiden würde, um wirklich zuzuhören, als ich sagte, dass ich dort nicht leben wollte." Ich hatte diese Wohnung nicht mehr, dass ich nicht mehr in seinem Büro sein wollte. Sie zogen mich in das Büro um, das genau gleich aussah , und in eine Wohnung, die der Zwilling der Wohnung war, die ich verlassen hatte!" Tränen liefen über ihre Wangen. „Es war einfacher zu gehen", sie unterdrückte ein Schluchzen aus Selbstmitleid.

Gregory schwieg, nahm ihre Worte wahr und erkannte, wie schwer es gewesen sein musste, zu sagen, was sie brauchte, und es auf diese Weise misshandelt zu bekommen. „Sag ihm einfach, was du zu mir gesagt hast, so wie du es gesagt hast", knurrte er. Er war sich nicht sicher, ob er immer noch wütend auf sie oder sich selbst war, weil sie ihre Enttäuschung und Traurigkeit nicht bemerkt hatte, als sie ihre Wohnung in die Wohnung neben Andrews verlegten . „Den Teil darüber, wie gut ich aussehe, kannst du weglassen", sagte Gregory mit vollkommen ernstem Gesicht, was sie nach Luft schnappen und tief erröten ließ.

Sie schwiegen, jeder in seine eigenen Gedanken versunken, bis er in das Parkhaus des Clubs und ihr Zuhause einfuhr. „Sei mutig, Kleiner, sei ehrlich und gib eine ausführliche Erklärung. Ich glaube, du hast die Kraft, stark genug zu sein, um mit Andrew darüber zu sprechen und den Streit zu gewinnen", sagte Gregory leise.

"Warum denkst du das?" Susan drehte sich zu ihm im Auto um.

„Robert hat es mir erzählt, und es war schwer, ihn zu beeindrucken", lächelte Gregory.

Sie stiegen aus dem Auto und gingen zu den Aufzügen. Susan spürte, wie sich ihr Magen zusammenzog, als sie darüber nachdachte, was sie Andrew gestehen und erzählen musste. Am Strand schien alles so viel einfacher zu sein, aber hier an diesem Ort, an dem sie gelernt hatte zu gehorchen und zu akzeptieren, schien all die Zuversicht, die sie gehabt hatte, zurückzukehren und die Teile ihres Lebens wieder aufzunehmen, vor ihr zu verschwinden.

Die Fahrt mit dem Aufzug verging viel zu schnell und sie fand sich in ihrer eigenen Wohnung wieder. Es war schwer, hier zu sein, ohne an Robert zu denken, sich über die grausame Wendung, die ihr Leben genommen hatte, aufzuregen und wütend auf ihn zu sein. Der Zorn brodelte in ihr, und sie bekräftigte ihren Entschluss, die nötigen Veränderungen vorzunehmen oder endgültig Schluss zu machen.

Gregory kam ein paar Minuten später herein, gefolgt von Andrew, und Susan stand ihnen gegenüber. „Willkommen zurück, Susan. Du siehst gut aus", lächelte Andrew und schloss den Abstand zwischen ihnen, um sie auf die Wange zu küssen und ihren Blick zu prüfen.

„Hallo Meister Andrew, danke", lächelte sie zurück, „Haben Sie ein bisschen Zeit, vielleicht könnten wir uns unterhalten... bitte?"

„Natürlich habe ich meinen Terminplan geklärt, als Gregory anrief und sagte, dass du auf dem Rückweg bist. Wie geht es dir wirklich?" In seiner Stimme und seinem Gesicht war Besorgnis deutlich zu erkennen, und sie konnte das Mitleid in seinen Augen sehen, das die Wut, die sie über die ganze Situation empfand, nur noch verstärkte. Sie trat von ihm zurück und holte tief Luft.

„Könnten wir einfach als Freunde reden, nicht als Wächter und Mündel, nicht als Herr und Sklave, nicht als eines dieser Labels, sondern als Menschen, sogar als Freunde?" Susan versuchte ihr Bedürfnis zum Ausdruck zu bringen, ihm auf Augenhöhe zu begegnen, ohne Angst vor Konsequenzen zu haben.

„Das hört sich ernst an", bemerkte Andrew, „Du kannst uns verlassen, Gregory." Andrew ging zum Esstisch und nahm Platz, anstatt seinen Platz auf dem bequemen Wohnzimmersessel einzunehmen.

„Vielleicht sollte er bleiben", sagte Susan leise, „Vielleicht gefällt Ihnen nicht, was ich zu sagen habe." Andrew hob eine Augenbraue und nickte.

„Ich bleibe draußen im Flur", unterbrach Gregory den Moment, „Ich denke, es ist das Beste, wenn ihr beide es alleine besprecht." Er drehte sich um, ohne ihre Reaktion abzuwarten, und ging und schloss leise die Tür hinter sich.

Andrew war jetzt fasziniert und sah Susan an. „Ich habe mich letzte Nacht ein wenig betrunken und einige Dinge erzählt, von denen ich wünschte, ich hätte sie nicht getan", stöhnte sie. „Es wäre wahrscheinlich das Beste, wenn es niemand wüsste, aber hier sind wir und wenn ich dir nicht die Wahrheit sage..." Sie schaute zu der Tür, vor der Gregory auf der anderen Seite stand.

trinkst normalerweise nicht, oder?" Andrew legte verwirrt den Kopf schief.

„Nein", sie schüttelte den Kopf, „Es gab Gründe , aber ich fange am Anfang an." Noch einmal holte sie tief Luft und Andrew lehnte sich in ihrem Stuhl zurück, bereit, sie sagen zu lassen, was sie brauchte.

Susan erzählte von ihrer Zeit in seiner „Hütte", von ihrer Rücksichtslosigkeit bei der Suche nach One- Night-Stands, nur um wieder etwas zu spüren. Auf seine Frage hin erklärte sie, dass es für Cassandra schließlich einfacher sei, für ihre Sicherheit zu sorgen, als sie ohne Vorwarnung aus der Hütte fliehen zu lassen. Sie gab zu, dass sie es für Zeitverschwendung gehalten hatte, bis Cassandra ihr die Lektion erklärte, die sie nicht hätte lernen sollen. Diese Vanille machte ihr keinen Spaß mehr.

nahm sich Zeit und erzählte dann von dem Besuch von Barry und Cinthia und ihrem Vorschlag bezüglich der Schulung, die Robert durchgeführt hatte. Schließlich sprach sie über ihre eigenen Gefühle darüber, wie es jetzt funktionieren könnte und ob er ihr helfen würde. Unter all den Informationen, die sie ihm gab, erzählte sie, wie sie sich jetzt wie eine Aussätzige fühlte, unantastbar und zerbrechlich, wie ein kaputtes Spielzeug auf einem hohen Regal, nach dem die Leute greifen, um es zu nehmen, sich aber daran erinnern, dass es kaputt ist, und weggehen.

Susan hatte an mehreren Stellen ihrer Geschichte bemerkt, dass Andrews Kiefer sich zusammenpressten und seine Hände sich zu Fäusten ballten, als er sie unterbrach, um eine Frage zu stellen , aber er blieb während des gesamten Gesprächs ruhig. „Da ist noch mehr", sagte sie leise.

„Dann erzähl mir alles", sagte Andrew völlig emotionslos und lehnte sich wieder in seinem Stuhl zurück. Susan erläuterte ihre Idee für ein neues Unternehmen, das sie unter dem Banner des Unternehmens besitzen und leiten könnte , und ihre Idee, zu reisen, um gleichgesinnte Unternehmen und Hersteller zu besichtigen. Abschließend sprach sie über ihr Bedürfnis, einen neuen Wohnort zu finden.

„Das war alles Roberts, nicht wirklich meins, und wenn ich jemals etwas Frieden von den Albträumen und Schuldgefühlen finden soll, die mich plagen , kann ich nicht hier oder in diesem Büro sein. Bitte sagen Sie mir, dass Sie verstehen..." Da war Verzweiflung in mir Susans Stimme. Es war Andrew nicht entgangen, dem das Mädchen sehr am Herzen lag, aber es schien ihm, dass ihre Pläne nur eine weitere Möglichkeit waren, wegzulaufen und sich vor der Realität zu verstecken, der sie sich stellen musste.

„Ist das alles", fragte er leise. Susan nickte und fühlte sich verunsichert darüber, dass Andrew immer noch keinen Ausdruck in seinem Gesicht oder in seiner Stimme zeigte. Er stand abrupt auf, ging um den Tisch herum, hob sie hoch und kuschelte sie an sich. Er sagte nichts, als er zu dem großen bequemen Stuhl ging, sich mit ihr auf seinen Schoß setzte und ihr Gesicht zu seinem drehte.

„Als Kitty starb, war mein Bedürfnis, meiner eigenen Trauer überlassen zu werden, so groß , dass ich dir die Freiheit gab, zu gehen und zu tun, was du wolltest. Mir kam nicht der Gedanke, dass du etwas anderes brauchtest, und das hätte es wahrscheinlich auch tun sollen." Er hielt ihrem Blick stand, während er sagte: „Ich könnte nie böse auf dich sein, weil du ehrlich bist, das ist etwas, das ich sehr schätze." Er lächelte und küsste sie auf die Stirn. „Was halten Sie davon, wir gönnen dem gutaussehenden da draußen eine Pause und lassen ihn ein Bier trinken gehen?"

Susan lachte leise und nickte, rutschte von seinem Schoß und stand auf. Andrew stand auf und ging zur Tür, öffnete sie weit und fand Gregory im Foyer an der Wand gelehnt. „Hey, Hübscher", lachte Andrew. „Es reicht uns allen, ein paar Feinheiten auszubügeln, wenn du dir ein Bier holen und nach dem Wohlergehen deines Schützlings sehen willst."

„Hasse mich nicht, weil ich schön bin", kicherte Gregory als Antwort, nachdem er Susans Lächeln gewahrt hatte und erkannte, dass sie mit dem Verlauf der Dinge recht zufrieden war. Er drückte den Knopf für den Aufzug und sah zu, wie Andrew und Susan in die Wohnung zurückkehrten.

„Ich denke, wir sollten den Wohnungswechsel eine Zeit lang aufschieben. Ich würde es vorziehen, Sie in der Nähe zu haben, und wenn Sie mit der Arbeit und der Ausbildung zurechtkommen , bezweifle ich, dass Sie wegen der Nähe oft hier sein werden", schien er zu überlegen sie für einen Moment. „Ich werde das Zugeständnis einer Renovierung machen und Anne bitten, Ihnen bei der Anschaffung einer geeigneten neuen Garderobe zu helfen, sobald Ihre Pläne feststehen, ist das fair?"

Susan stimmte zu; Die Idee, mit Anne einzukaufen, gefiel ihr, sie war eine so gute Freundin gewesen und Susan hatte sie in ihrer Trauer schlecht behandelt. „Ich gehe davon aus, dass man das Gleiche auch über mein Büro bei der Arbeit sagen kann, obwohl ich gerne etwas Kleineres hätte", fügte Susan der Diskussion hinzu.

„Wir können morgen ein Treffen mit Alan vereinbaren, er muss sich mit all den geschäftlichen Dingen befassen. Es macht mir einfach keinen Spaß, und er macht das alles so gut. Die Firma hat kaum einen Moment ausgelassen, nachdem die Nachricht von Roberts Tod eintraf „Wir haben Alans Fleiß und seine Führungsqualitäten in den Wirtschaftskolumnen einzig und allein verdankt", würdigte Andrew die volle Anerkennung, die ihm gebührte. Susan nickte und ließ die Idee, die sie dazu hatte, noch etwas weiter gären.

„Das Training und das Bedürfnis, das du zum Ausdruck gebracht hast, wieder zu spüren, sind möglicherweise nicht so einfach", sagte Andrew leise und Susan fühlte sich entmutigt, als eine weitere ihrer Bitten im Begriff war, kompromittiert zu werden. „Schmoll nicht", seine Stimme wurde härter und er erklärte weiter. „Das ist genau das, was ich meine. Erinnerst du dich, wie lange es gedauert hat, bis du Robert vertraut hast?" Er hob ihr Kinn und sah ihr in die Augen. „ Na, geht es dir?" er verlangte eine Antwort.

„Das war anders, ich wusste überhaupt nichts über den Lebensstil", schoss sie zurück und biss sich auf die Lippe, um ihre Erwiderung zu bereuen.

„Es ist ein schmaler Grat, ein unterwürfiger Wandel zwischen reinem Training und der Ausbildung durch einen besonderen Menschen, dem man bedingungslos vertraut, dass er sich um einen kümmert. Die Bindung ist anders, aber wie in Ihrer Beziehung zu Robert ist Vertrauen der Schlüssel zu Sicherheit und Vergnügen." jeder von euch, dominant und unterwürfig. Könntet ihr einem virtuellen Fremden vertrauen, wenn ich es nur sage? Wenn Barry es sagt?" Er hielt inne und ließ sie über seine Worte nachdenken.

„Ich werde die Beteiligten zusammenrufen und Ihren Antrag auf Zugang zu der Schulung einreichen, die Robert für Sie zu organisieren begonnen hat, wenn ..." Er machte eine Pause, damit sie wusste, dass dies nicht verhandelbar war, „Wenn Sie jemandem Ihren Gehorsam und Ihr Vertrauen zeigen können, das ich ..." entscheiden Sie sich dafür, Sie eine Woche lang zu trainieren. Sie müssen darauf vertrauen können, dass ich und jeder der Männer, von denen Sie eine Schulung anfordern,

Sie vor Schaden bewahren werden, unabhängig davon, ob sie Sie selbst trainieren oder jemanden auswählen, der dies für sie tut. Wenn Sie dies nicht können dass alle Pläne und Änderungen an den Zeitplänen, die die Master möglicherweise vornehmen, um Ihnen entgegenzukommen, umsonst sind und Ihnen einen schlechten Ruf einbringen. Sie müssen Ihre Bereitschaft zeigen, sich für das Programm zu engagieren, indem Sie darauf vertrauen, dass ich Ihren ersten Trainer auswähle.

Sie konnte die Logik seiner Worte erkennen und stimmte zu; Es war schließlich das, was sie wollte , und dies war nur der nächste Schritt auf der Reise, die sie begonnen hatte, indem sie Roberts Halsband akzeptierte. Sie wusste damals wie heute, dass sie mehr von dieser Welt erkunden wollte, und sie vertraute Andrew; Aus diesem Grund hatte sie gegen Cinthias Rat mit ihm über alles gesprochen.

„Ich verstehe und was du sagst, macht Sinn", sie kaute nachdenklich auf ihrer Lippe. „Du wirst mich nicht selbst trainieren?"

„Meine eigene Trauer ist immer noch zu groß. Die Entdeckung von Luzifer hat mir endlich gezeigt, dass ich die letzten offenen Enden zur Ruhe bringen und meine geliebte Kitty endlich zur Ruhe bringen kann", Andrew lächelte sie halb an. „So ist es am besten."

„Dann vertraue ich darauf, dass Sie den ersten Trainer auswählen, und ich verspreche, dass ich versuchen werde, Sie stolz zu machen", sagte Susan aufrichtig.

„Gut, und hier ist, was ich tun werde. Ich werde für morgen Nachmittag ein Treffen vereinbaren, um mit Alan über Ihre Karriere und Ihre Bürosituation im Unternehmen zu sprechen. Ich werde die Verfügbarkeit der Stakeholder für ein Treffen Anfang nächster Woche prüfen. Das werden Sie Vertraue darauf, dass mir wie immer dein Wohl am Herzen liegt, und gehe und ziehe mir etwas Sexyes an, denke „Suckerpunch" sexy, ich werde in dreißig Minuten zurückkommen und dich abholen. Wir werden in den Club gehen; der Waffenstillstand für Freundschaft und offenes Reden gilt „Alles ist vorbei, und Sie werden sich von diesem Zeitpunkt an an Ihren Platz erinnern", sagte Andrew mit fester Stimme und beendete ihre Diskussionen. „Du wirst darauf vertrauen, dass ich mich um dich kümmere und dich liebe wie ich selbst, und immer mit mir reden, so wie du es heute Abend getan hast, es war kein Grund für einen Waffenstillstand."

Susan war überrascht, aber nachdem sie sich darüber beschwert hatte, dass sie wie ein kaputtes Spielzeug ins Regal gestellt wurde, widersprach sie nicht. Stattdessen rutschte sie von der Couch auf die Knie auf dem Boden und antwortete leise: „Ja, Meister."

Er nickte und drehte sich um, sodass sie sich fertig machen konnte. Sie schaute auf die Uhr und machte sich schnell auf den Weg, um aufzuräumen und sich umzuziehen.

Als Andrew zurückkam, sah Susan frisch und sexy genug aus, um Robert stolz zu machen. Er hatte immer all ihre Kleidung, ihr Essen und alles andere ausgesucht, so groß war sein Bedürfnis, die Kontrolle über ihr Leben zu haben. Da sie auf sich allein gestellt war und nur einen Filmtitel als Bezugspunkt hatte, wurde sie von Unentschlossenheit geplagt. In der riesigen Garderobe befand sich so viel, was sie noch nie zuvor gesehen hatte, dass sie sich am Ende für ein Lederoutfit entschied. Robert hatte den Geruch und die Haptik von Leder geliebt und in Susan eine erotische Anziehungskraft darauf geweckt.

Sie sei zu dünn, sie stimmte den jüngsten Kommentaren zu; Die weiche Rundung ihrer Hüften war jetzt eckig und knochig, und der kurze, plissierte Lederrock hing leicht schräg davon. Sie konnte ihre Rippen fast zählen und bedeckte sie mit einer dünnen, engen Lederweste. Hosenträger und halterlose Strümpfe kamen über einem Paar glänzender schwarzer knielanger Stiefel mit tollen Absätzen zum Vorschein, und sie band sich einen weiten rot-schwarz gestreiften Schal um den Hals. Sie beschloss, besser auf sich selbst aufzupassen als bisher, indem sie ihr Gesicht mit auffälligem Make-up bemalte.

Sie ging ins Wohnzimmer und kniete nieder und schloss die Augen; Andrew hatte Recht, sie wusste nicht, wie sie reagieren würde, wenn jemand ihr Befehle erteilte , aber es war etwas, was sie tun musste, sie wollte es und darüber hinaus wusste sie, dass sie es brauchte.

Susan hörte, wie sich die Tür öffnete, hob ihren Kopf und verhärtete den kleinen Teil ihres Herzens, der nach Robert schmerzte. Sie war entschlossen zu beweisen, dass sie genauso bereit war, diese Welt wieder zu betreten, wie sie zuvor behauptet hatte. Andrew ging auf sie zu und setzte sich wieder in den bequemen Stuhl.

„Ich bin sicher, Robert hat Ihnen gesagt, dass nicht jedes Mitglied des Clubs vertrauenswürdig ist oder das Eigentum anderer Männer respektvoll behandelt. Der Kragen, den Sie immer noch tragen, wird Ihnen zwar ein gewisses Maß an Respekt und Sicherheit innerhalb des Clubs einbringen, macht Sie aber auch sehr begehrenswert." „Wenn Sie es ernst meinen, wieder in den Club und die Welt, die er birgt, einzutreten, müssen Sie ihn jetzt entfernen", sagte Andrew sanft.

„Ich verstehe, Meister", antwortete Susan mit ruhiger Stimme, aber ihre Hände zitterten, als sie sich abmühte, den Verschluss der wunderschönen Kette zu öffnen, die sie seit seinem Tod nicht abgenommen hatte. Andrew half ihr nicht, sondern saß da und schaute traurig zu, da er wusste, dass sie dies selbst tun musste. Entschlossen nahm sie es ab und hielt es ihm hin.

„Es gehört dir und wird immer deins sein, Susan. Niemand kann es dir nehmen", Andrews Stimme klang schmerzerfüllt. Er zog eine Schachtel aus seiner Tasche. Diese Kette bietet meinen Schutz innerhalb des Clubs und den Schutz aller, die sie Ihnen unter unseren Freunden geben möchten. Es versteht sich von selbst, dass Sie auch unter dem Schutz von Alan stehen." Andrew hielt eine sich drehende Seilkette hoch und zeigte ihr, wie man den komplizierten zylindrischen Verschlussmechanismus und die kleinen darauf eingravierten Worte bedient. „Geschützt: MA.MA."

"Akzeptieren Sie?" fragte Andrew und Susan nickte, da sie nicht in der Lage war, sofort zu sprechen. Sie hob ihr Haar, um das neue Halsband entgegenzunehmen, nachdem sie das Halsband, das sie entfernt hatte, in die Schachtel legte.

„Ja, Meister. Es ist wunderschön; Sie sind wirklich wirklich talentiert", lächelte sie, obwohl sie sich innerlich völlig durcheinander fühlte.

„Legen Sie das an einen sicheren Ort und kommen Sie, ich muss Ihnen etwas zeigen", lächelte Andrew aufmunternd.

*****

„Die Pläne dafür", Andrew winkte mit dem Arm und deutete auf die renovierte Höhle im Club, „waren vorhanden, bevor Sie und Robert nach Italien aufbrachen."

Susan blickte sich im Raum um und bemerkte die Unterschiede. Es hatte immer noch den opulenten Charme und die Dekadenz der alten Welt wie der Rest des Clubs, aber mit einem frischeren Farbschema und anderen antiken Möbeln. Als ihr Blick über die gegenüberliegende Wand blickte, schnappte sie nach Luft. Das Fotoporträt, das immer dort gehangen hatte, war durch Ölgemälde ersetzt worden.

Eine große, vom Letzten Abendmahl inspirierte Szene zeigte alle Beteiligten, darunter sie selbst, wie sie neben Robert kniete, der am Kopfende des Tisches saß, und Kitty, die neben Andrew am anderen Ende kniete. Der Rest des Tisches war mit Männern und einer weiteren Frau besetzt, die die einzige Person zu sein schien, die sie nicht erkannte. Auf jeder Seite davon befanden sich zwei kleinere Porträts, eines von Andrew und Kitty, das andere von Robert und sich selbst. Es waren wunderschöne Bilder, und sie spürte, wie ihr Herz einen Schlag aussetzte. „Verdammt , Robert. Warum musstest du mich so schnell verlassen", flüsterte sie eher wütend als traurig.

„Ich wollte, dass du es zum ersten Mal siehst, ohne dass jemand anderes in der Nähe ist. Damit du nicht überrascht wirst", hatte

Andrew Tränen erwartet, nicht die Wut, die von der jungen Frau ausging.

„Danke, Meister", Susan schien sich nach ihrem ersten Schock schnell zu beruhigen. „Sie sind atemberaubend schön. Der Künstler hat die Ähnlichkeit aller so gut eingefangen."

„Ich muss sagen, dass ich selbst wirklich beeindruckt von ihnen bin", lächelte Andrew.

„Komm, Susan", Andrew deutete auf einen Stuhl neben seinem Schreibtisch. Unsere Gäste zum Abendessen werden bald eintreffen, aber zuerst müssen wir noch ein Thema besprechen." Er wartete, bis sie sich setzte, bevor er erneut sprach. „Gregory lebt nach einem sehr strengen Verhaltenskodex. Deshalb ist er in seinem Job als Clubmanager so gut. Er sorgt für das Wohlergehen aller Mädchen hier, aber auch die Einhaltung dieses Kodex und die Einhaltung dieses hohen Standards für die Mitglieder hier, wenn sie ihre Mitgliedschaft aufrechterhalten möchten, sorgen doppelt für ihre Sicherheit und die akzeptierende Atmosphäre hier. Er wurde von Robert als Meister betreut und ist einer der Besten, die es gibt", fügte Andrew hinzu, für den Fall, dass Susan es nicht gewusst hatte.

„Soll ich dann Gregory Master anrufen?" Sie biss sich auf die Lippe und fragte sich, ob sie ihn beleidigt hatte, indem sie ihn Sir Gregory nannte, aber sie war sich sicher, dass man ihr gesagt hatte, dass dies sein Titel sei.

„Nein, er bevorzugt Sir. Er hat ein großes Interesse am Mittelalter und am Ritterkodex der Ritter", lachte Andrew. „Der Punkt ist , dass er der Meinung ist, dass man für seine Rücksichtslosigkeit, das Vergnügen eines Fremden zu suchen, diszipliniert werden muss, und ich muss zustimmen, dass das eine sehr gefährliche Sache für einen Unterwürfigen ist. Es gibt echte Schweine, Schläger und Dreck da draußen, die." wird einem Mädchen den Arm brechen für den Nervenkitzel, den es ihnen bereitet, dass sie ihrer Misshandlung, Entführung und Folterung eines jungen Unterwürfigen zugestimmt hat, kommt allzu oft vor." Susan schnappte nach Luft und er sah in ihren großen Augen, dass ihr diese Gedanken nie in den Sinn gekommen waren.

„Wie ich dachte", nickte er. „Gregory gibt Cassandra die Schuld, die er selbst bestrafen wird. Ich habe ihn vielmehr gebeten, Sie über Ihre Rücksichtslosigkeit aufzuklären. Er war darüber nicht glücklich, also müssen Sie zu ihm gehen und Ihr Bedauern zum Ausdruck bringen und ihn davon überzeugen, dass Sie jetzt verstehen, wie „Ihre Handlungen waren gefährlich und Sie werden seinen Schutz und seine Disziplin innerhalb des Clubs akzeptieren, sollten Sie jemals ohne einen Meister an Ihrer Seite hier sein oder wieder rücksichtsloses Verhalten an den Tag legen", war Andrew bestimmt, fragte sie aber, anstatt sie zu befehlen, und zwang sie, sich zu entscheiden, ob ob Sie diese Vereinbarung akzeptieren oder nicht.

„Ich hatte mich immer auf seinen Schutz und den von Roberts Freunden und dem Führungspersonal wie Barry verlassen", Susan hielt inne und kaute erneut auf ihrer Lippe. „Ich glaube nicht, dass ich jemals ohne einen Meister hier sein würde, also kann ich mir nicht vorstellen, dass es einen Unterschied machen würde, ob ich annehme oder nicht", Susan legte den Kopf schief, während ihre Gedanken arbeiteten.

„Ah, aber das stimmt, für Gregory. Sein Kodex ist so, dass er niemals Hand an ein Mädchen oder das Eigentum eines anderen legen würde, ohne die Akzeptanz des Mädchens und ihres Besitzers, falls es einen gibt. In Ihrem Fall bin ich, Ihr „Vormund und Alan der Testamentsvollstrecker Ihrer Geschäftsanteile. Da es sich hierbei um eine persönliche Angelegenheit handelt, liegt es an mir, das anzunehmen, und das werde ich auch tun, wenn Sie ebenfalls zustimmen", Andrew hielt inne und wartete darauf, dass sie etwas sagte.

„ Es ist also eine formelle Akzeptanz des Angenommenen", lachte Susan leise. „Ich habe überhaupt kein Problem damit, Sir Gregory in die Sphäre der Menschen aufzunehmen, die mich in diesem Lebensstil anleiten und schulen können."

„Denken Sie daran, er war einst Roberts Schützling und als solcher kann er hart und sadistisch sein, aber er ist auch sehr fair und würde Sie nicht übermäßig disziplinieren", beschloss Andrew , deutlich zu machen, womit sie einverstanden war.

„Du hast den gutaussehenden Mann ausgelassen", grinste Susan und ließ sich von seiner Beschreibung überhaupt nicht beeindrucken.

Andrew schüttelte den Kopf, stand auf und streckte ihr die Hand entgegen. „Dann lass uns zu ihm gehen."

Wie das Wohnzimmer der Eigentümer befand sich auch das Büro des Managers, wenn auch kleiner, an einer ähnlich zentralen Stelle im Club und hatte Türen sowohl zum Foyer als auch zu den Restaurantbereichen. Sie gingen durch das Foyer zurück und in das kleinere Büro, wo Gregory an seinem Schreibtisch saß, als würde er auf sie warten. Eines der Mädchen von der Rezeption reichte Andrew einen kleinen Zettel, als er an ihr vorbeikam. Als er es schnell las, lächelte er breit.

„Ich muss jemanden besuchen. Ich überlasse Sie Ihren Diskussionen. Schicken Sie sie ins Restaurant, wenn Sie fertig sind", sagte Andrew leichthin und verließ den Raum.

Gregory stand auf und näherte sich ihr, überragte sie und knurrte: „Haben Sie etwas zu sagen?"

Susan schluckte laut und als sie ihren Mund öffnete, kam kaum ein Flüstern heraus: „Es tut mir leid, Sir Gregory, ich habe das Ausmaß meiner Rücksichtslosigkeit nicht erkannt und weiß es jetzt."

„Tust du? Wirklich?" Seine Hand schnellte hoch und umfasste ihren Hals. „Weißt du, wie leicht es für einen Mann wie mich wäre, dich wie einen Zweig zu brechen? Dich gegen deinen Willen festzuhalten und dich zu meinem persönlichen Fickspielzeug zu machen?"

„Ja, Sir Gregory", quietschte sie, fand seine Worte jedoch sowohl erschreckend als auch erregend.

„Schau dich an", sein Blick fiel auf ihre sich verhärtenden Brustwarzen, die deutlich durch das offene Dekolleté und das dünne

Leder der Weste zu sehen waren. „Du bist so eine heiße Schlampe, jeder mit halber Intelligenz könnte dich beschimpfen, und du wärst dankbar", er ließ seine Hand fallen und ging weg. Er versuchte, den Anflug von kaum verhohlenem Abscheu in seiner Stimme zu behalten, aber in Wahrheit gefiel ihm ihre offensichtliche Freude darüber, auf diese Weise angesprochen zu werden, und er sah in ihr etwas, das er bei den Unterwürfigen, mit denen er täglich zu tun hatte, selten sah .

„Ich überlasse es Andrew, dich dieses Mal wie vereinbart zu erziehen", spuckte er die Worte fast aus, als er sich wieder zu ihr umdrehte. „Wenn ich das nächste Mal das Gefühl habe, dass du dich rücksichtslos in Gefahr begibst oder auf Geheiß eines anderen zu viel Risiko eingegangen bist, ohne dein Sicherheitswort zu verwenden, werde ich die Strafe bestimmen, verstehst du?"

„Ja, Sir Gregory. Ich akzeptiere, dass es jetzt Ihr Recht ist, mein Beschützer zu sein", Susan blickte zu Boden.

„In der Tat", er warf ein Kissen auf den Boden und setzte sich auf den Stuhl daneben, um ihr zu signalisieren, dass sie sich hinknien sollte. „Ich würde gerne an Ihrem Schulungsplan beteiligt sein. Um Sie zu überprüfen und sicherzustellen, dass die Verhaltenskodizes von allen eingehalten werden, die für die Schulung ausgewählt wurden, einverstanden?"

„Ja, Sir Gregory", Susan war verblüfft über seine Bitte, aber sie konnte nicht erkennen, wie schlimm das war, solange er sich nicht einmischte, wenn alles gut lief.

„Barry und ich teilen einen großen Teil der Last, diesen Club zu leiten, und Ihr Schutz wird auch Teil dieser Last sein. Sollte ich nicht verfügbar sein, werden Sie Schutz bei ihm suchen", Gregory blickte das kleine Mädchen an, das nachdenklich auf ihrer Lippe kaute pausiert? „Es besteht kein Grund, sich vor uns zu fürchten, nur was passiert, wenn Sie nicht Schutz suchen, wenn Sie ihn brauchen, verstehen Sie?"

„Ja, Sir Gregory. Ich weiß, dass sowohl Sie als auch... ähm, Barry ein Sir oder ein Meister ist?" Sie legte fragend den Kopf schief.

„Entweder, obwohl Sir es vorerst tun wird, sofern er Ihnen nichts anderes sagt", antwortete Gregory.

„Vielen Dank, ich weiß, dass Sie beide von Andrew respektiert und geschätzt werden und dass Robert sich stark auf Sie verlassen hat. Ich habe den guten Willen gesehen, den Sie von allen Mitgliedern und Unterwürfigen erhalten „Lass die Last, die du hier trägst, noch schwerer machen", sagte sie leise.

Trainer sein, aber wir werden hier sein, um Sie zu beschützen, falls Sie es brauchen. Ich werde unsere Nummern in Ihr Telefon eingeben, hat Andrew es?" Sie schüttelte den Kopf und er runzelte die Stirn. „Du musst dein Handy immer bei dir haben. Ich werde mit Andrew darüber reden. Du bist noch neu auf dieser Welt und die Schuld liegt bei ihm. Sobald deine Ausbildung beginnt, wird es jedoch so sein." „Sei keine Ausreden", lächelte er drohend, „und meiner Meinung nach hast du bereits zwei Schläge gegen dich." Robert hatte immer alles für sie getan, sie hatte während ihrer kurzen Beziehung nicht selbst denken müssen. Diese Existenz, nach der sie verlangte, schien viel komplizierter zu sein, als sie ursprünglich gedacht hatte.

Ihre Verwirrung widersprach ihrem Bedürfnis in ihrem Kopf, als sie Robert erneut beschimpfte, weil er sie verlassen hatte, um ihren eigenen Weg zu finden. Es klopfte an der Tür und Andrew kam herein. „Alles erledigt?"

„Schätze schon", antwortete Gregory.

„Gut. Susans Training beginnt heute Abend. Eine alte Freundin von uns ist gerade angekommen. Ich möchte, dass du sie in ein paar Minuten durch das Foyer zurückführst, gib mir Zeit, zum Tisch zurückzukehren. Wenn du im Restaurant ankommst „ Ich möchte, dass du da bleibst, bis ich dir ein Zeichen gebe", sprach Andrew schnell, als wäre er aufgeregt.

Gregory grunzte und nickte und blickte auf Susan herab, als Andrew den Raum verließ. Er reichte ihr seine Hand und half ihr in die hohen, schwankenden Absätze. „Ich hoffe, du bist so bereit, wie du sagst", murmelte er und legte seine große Hand um ihren Nacken, wie Robert es immer getan hatte, und führte sie aus der Tür ins Foyer. Er begrüßte ein paar Freunde, ohne Susan trotz ihrer neugierigen Blicke vorzustellen, bevor er sie zur Tür des Restaurants und der Pianobar führte.

Susan hörte einen Mann an einem Tisch in der Nähe ausrufen, als sie auftauchte: „Scheiße, jetzt gibt es eine wandelnde Fantasie." Sie drehte sich zu dem Tisch um, von dem die Stimme gekommen war, und als sie Andrew sah, lächelte sie nervös. Zu den Gästen, die er bei sich hatte, gehörten Sara, James und der laute Mann, den sie nicht kannte. "Auf keinen Fall!" Der Mann rief aus, als sie sich richtig zu ihnen umdrehte: „Das ist doch nicht dein Ernst! Das ist das Mädchen, das ich ein paar Tage lang ausbilden soll?"

Andrew sah, wie sich Selbstzweifel in Susans Gesicht trübten, er verwechselte das Lob des Mannes mit Widerwillen und winkte sie herüber. Sara zappelte neben James herum, als hätte sie zu viel Energie, um still am Esstisch zu sitzen. „Bitte Papa, bitte", jammerte Sara schließlich.

„Okay, Baby, aber sei sanft." Sara sprang von ihrem Stuhl auf und umarmte Susan beinahe mit einer kräftigen Umarmung und Küssen.

„Du hast mir so sehr gefehlt. Ich bin so froh, dass du zurück bist!" Sarah hielt sie fest, als hätte sie nicht vor, sie loszulassen, bis Gregory sich räusperte. „Oh puh, okay, okay, ich setze mich wieder hin, aber Sie sind kein Spaß, Sir Gregory", sagte sie mürrisch und ließ Susan los.

„Na, hallo, schön", sagte das unbekannte Mitglied der Gruppe. Susan holte tief Luft und unterdrückte das Kichern, in das sie über die Art und Weise geraten war, wie Sara mit Gregory gesprochen hatte, und drehte sich zu der Stimme um. Sie nahm den Mann auf. Er trug Biker-Lederkleidung, hatte einen kurz geschnittenen Spitzbart und langes Haar, das er in einem Lederriemen zurückgebunden hatte. Aus Susans Sicht schien er so groß zu sein, als wäre er nicht größer als Gregory, und ihre Augen weiteten sich.

Andrew füllte ihr verblüfftes Schweigen, indem er ihn vorstellte: „Susan, das ist meine Freundin, Wildman. Wenn Sie zustimmen, wird er in dieser Woche der Bewährung Ihr Trainer sein. Sie werden ihn mit Sire ansprechen."

„Es ist mir eine Freude, Sie kennenzulernen, Sire", sagte sie leise und fühlte sich höflich, bevor sie sich an James wandte, „und es ist immer wunderbar, Sie und Sara zu sehen, Master James." Susan beugte sich vor, um ihn auf die Wange zu küssen, so wie er es bei der Begrüßung lieber tat.

„Ah Susan, du bist so wunderschön wie immer", lächelte James. „Wir haben dich vermisst. Das ist alles ein schlechtes Geschäft", sagte er und würdigte den Elefanten im Raum. „Es ist Zeit, wieder mit dem Leben anzufangen, ja?"

„Ja", stimmte Susan bereitwillig zu. Irgendwie war es schön, dass James den Verlust von Robert und ihr Erscheinen hier zur Kenntnis nahm, als würde er akzeptieren, dass sie weitermachen musste.

„Ich hoffe, Sara ist genauso mutig, wenn es soweit ist", sagte er leise und wandte beim Sprechen sein Gesicht von Sara ab. „Das Leben ist für die Lebenden da, wie man sagt", lächelte er, aber es erreichte seine Augen nicht und sie sah ihn genau an.

„Komm, setz dich neben mich!" Sara grinste. „Wir können den Nachtisch teilen!" Susan lachte. Sie wusste, dass das bedeutete, dass Sara es für sie essen würde, aber es machte ihr nichts aus, dass es gut war, mit Menschen zusammen zu sein, die glücklich waren und das Leben genossen. Oder vielleicht war es einfach nur gut, zu versuchen, es selbst zu genießen.

Susan nahm den Platz zwischen Sara und dem Wildmann ein. Als sie saß, beugte er sich zu ihr herüber und tippte ihm auf die Wange. „Wo ist mein Kuss Hallo?" Susan lachte leise und beugte sich vor, um ihre Lippen auf seine Wange zu drücken.

„Nun, ich bin dabei. Schauen Sie bitte nach!" er gluckste.

„Nein", jammerte Sara, „ich bin an der Reihe, mit Susan zu Abend zu essen, und dieses Mal wird nichts schiefgehen!" Sie schnappte nach Luft und hielt sich den Mund zu. „Ich war nicht dazu bestimmt, das zu sagen."

„Es ist okay, Sara, wirklich. Mir geht es gut und ich freue mich so, dich und deinen Daddy zu sehen." Sie drückte die engelhafte Frau an sich. Sie wandte sich an Andrew. „Ich wusste nicht, dass es so bald sein würde."

„Keine bessere Zeit als jetzt angesichts deiner jüngsten Rücksichtslosigkeit", zuckte er mit den Schultern, aber sein Blick hielt ihren fest, als wollte er sie herausfordern, von dem, was sie vereinbart hatte, nachzugeben. „Es ist offensichtlich, dass Sie weitaus mehr Aufsicht brauchen, als ich Ihnen gegeben habe."

„Einverstanden", grollte Gregory.

„Ja, Meister Andrew", sagte sie sanft und errötete, als sie ihren Blick von seinem senkte.

„Onkel Dick, sag Onkel Billy, dass er zum Abendessen bleiben muss", jammerte Sara klagend.

Andrew wandte sich an seinen Freund und sagte: „Bleib zum Abendessen, Onkel Billy."

„Gut", grunzte Wildman, „Aber wenn ich ein guter Junge bin, bekomme ich das Mädchen heute Abend, oder?" Er kicherte zu Sara, die begeistert nickte.

„Sie hat morgen Nachmittag einen Termin, also solange Sie sie bis Mittag hier haben, damit ich sie mitnehmen kann, verstehe ich nicht, warum nicht", sagte Andrew und beäugte Susans Reaktion.

„Fertig", stimmte Wildman zu und wandte sich an Susan. „Jetzt ist es an der Zeit, etwas zu sagen, Baby, stimmst du zu?"

„Ja, Sire", sagte sie mit festerer Stimme, als sie sich fühlte. Sie war sowohl verängstigt als auch aufgeregt angesichts der Aussicht, und sie wusste, dass Andrew diesem Mann uneingeschränkt vertraute und dass sie wusste, dass er ihre Sicherheit garantierte.

„Ausgezeichnet", er kramte in seiner Tasche und zog ein goldenes Armband heraus. Es war reich mit filigranen Schriftzügen verziert und er legte es ihr auf den Oberarm und ließ es zuschnappen. „Lasst uns bestellen, ich bin schon zu lange im Land der Anzüge und Krawatten."

„Oh, Onkel Billy, du kommst nie mehr in den Club, und jetzt, wo Sir Barry die Leitung übernimmt , gibt es die besten Desserts", flehte Sara. „Beeil dich nicht so sehr, tu so, als wärst du in einem Kostüm." Party!"

Die Unterhaltung beim Abendessen war lebhaft und voller Gelächter, und während Susan zuhörte , lernte sie William Wilder kennen, auch bekannt als Wildman. Er sollte ihr erster Trainer auf der Reise sein, die sie in die Welt begonnen hatte, in die Robert sie gebracht hatte, und sie war dankbar für die Zeit, ihn ein wenig kennenzulernen, bevor sie gingen. Er fuhr mit dem Clarkson Knights Motorcycle Club. Sie waren für ihre Wohltätigkeitsarbeit bekannt, und er war gerade von einer Wohltätigkeitsfahrt auf dem New England Highway im ländlichen New South Wales zurückgekehrt. Er arbeitete als freiberuflicher Fotograf und Künstler und reiste daher ständig, sein Zuhause war jedoch hier in der Stadt.

Als der Nachtisch kam, stellte Gregory eine zusätzliche Nachricht zwischen Susan und Sara, in der er ankündigte, dass sie Barrys neue Kreation teilen könnten, aber hauptsächlich, damit Susan ihre eigene aß. Obwohl Susan von Natur aus schlank war, machte er sich Sorgen, dass sie so dünn war. Kaum hatte Susan den letzten Bissen ihres Desserts gegessen, meldete sich Wildman zu Wort.

„ Richtig , ich war während des gesamten Essens ein Gentleman und ein guter Junge, aber ich bin an meine Grenzen gestoßen", sagte er zu Andrew. „Ich bringe sie morgen Mittag zurück und dann können wir die Details besprechen." Er hob Susan von ihrem Platz hoch, warf sie sich mühelos über die Schulter und schlug ihr lautstark auf den Hintern, bevor er mit großen Schritten den Club verließ.

Susan quietschte vor Überraschung, wehrte sich aber nicht dagegen, dass sie schlaff an seiner Schulter hing. Sie hob ihren Kopf, als sie den Tisch verließen, und winkte James und Sara zum Abschied zu, die laut kicherten. Anstatt den Parkplatz zu verlassen, gingen sie durch den Haupteingang auf die Straße, wo er sie auf den Rücken seines Fahrrads setzte und ihr einen Helm auf den Kopf setzte.

Sie klammerte sich an ihn, als er durch die Straßen der Stadt fuhr, und hörte ihm über ein System zu, das die Helme miteinander verband. In seiner Stimme lag keine Sanftheit, als er ihr seine nicht verhandelbaren Regeln erklärte.

„Du wirst mich jederzeit Sire nennen, öffentlich und privat. Du warst Roberts Mädchen, also habe ich keinen Zweifel daran, dass du eine masochistische Ader hast, aber du wirst, ich wiederhole, du wirst dein Sicherheitswort verwenden, wenn du dich darüber ärgerst alles, egal wie erregt Sie oder ich zu sein scheinen. Sie werden während Ihrer Zeit mit mir, abgesehen von diesem einen Treffen morgen, nur mir gehorchen. Alle anderen Termine und notwendigen Abwesenheiten werden von mir allein genehmigt. Wir werden auch Ihre und meine Grenzen besprechen wie Vorlieben und Abneigungen später. Im Moment ist Ihr einziger Verbündeter Ihr sicheres Wort. Verstehen Sie?"

„Ja, Sire", sagte sie, Angst und Vorfreude durchströmten sie mit den Vibrationen des Fahrrads.

„Gut für heute Abend, Ihr Sicherheitswort wird Fruitloops sein", beendete er den Vortrag, als sie in die Einfahrt einfuhren und sich das Garagentor automatisch für sie öffnete. Er stieg vom Fahrrad und nahm ihr den Helm ab, hob sie erneut hoch und warf sie sich über die Schulter. Sie hatte sich während der Fahrt so sehr auf seine Stimme konzentriert, dass sie nicht bemerkt hatte, wo sie sich befanden, und war überrascht, sich in etwas wiederzufinden, das wie ein stillgelegtes Lagerhaus aussah.

Er nahm zwei Stufen auf einmal, drängte sie, während sie über seine breite Schulter hing, und betrat schließlich eine schwere Metalltür und betätigte einen Lichtschalter. Die Tür fiel hinter ihnen zu, als sie zum schattigen anderen Ende des Raumes gingen, und er warf sie kurzerhand auf den Boden und knurrte: „Bewegen Sie sich keinen Zentimeter." Er schnappte sich eine Tasche von einer Bank in der Nähe und holte eine Kamera heraus , klickt mehrere Aufnahmen des Mädchens an.

Susan erstarrte wie ein Reh im Scheinwerferlicht, ihre Augen waren weit aufgerissen und sie blinzelte, als der Blitz sie überraschte.

„Seit du heute Abend hier reingekommen bist, habe ich einen Steifen", knurrte Wildman. „Krieche hierher wie eine brave kleine Schlampe und lutsche meinen Schwanz", er lehnte sich gegen die Bank hinter ihm. Susan nahm ihre Arme und Beine unter sich und kroch langsam und sinnlich auf ihn zu, wobei ihr Blick auf sein Gesicht gerichtet blieb. „Hungrig nach Schwänzen, nicht wahr? Eine Schlampe wie du braucht sie ständig." Seine Stimme wurde tiefer und er murmelte die Worte, als sie sich vor ihm niederkniete und sich zu ihm beugte, um den Duft seiner abgenutzten Lederhose einzuatmen rieb ihr Gesicht an seiner bedeckten Leistengegend.

Sie spürte, wie ein Blitz zuckte, als ihre Hände den Knopf betätigten und wie der Reißverschluss die Hose über seine Beine zog. Sie war nicht überrascht über die weiche Innenseite und die Tatsache, dass er keine Unterwäsche trug. Sie beugte sich vor und atmete seinen Duft ein, während ihre Hände die Hose tiefer führten. Er packte eine Handvoll ihrer Haare und zog sie von seinem Schwanz weg, sodass sie eher vor Überraschung als vor Schmerz aufquiekte. „Mach zuerst meine Stiefel auf, du nutzlose Fotze", und warf sie beinahe zu seinen Füßen auf den Boden. Sie sammelte sich und zog ihre Beine weit unter sich nieder. Sie bückte sich tief, öffnete die Schnallen und genoss es, wieder einmal vom Geruch von Leder und der Kontrolle eines dominanten Mannes umgeben zu sein.

Sie zog seine Stiefel und Socken aus und begann wieder, an seiner Hose zu arbeiten, als er sie wegstieß, sie dabei erwischte und sie rückwärts fallen ließ. Er stellte seine Füße weit auseinander und höhnte: „Na, worauf wartest du noch?" Wieder stand sie auf Händen und Knien auf und kroch kniend auf ihn zu. Sie beugte sich vor und hob ihre Hand zu seinen Eiern, während sie ihren Kopf senkte, um die Spitze fast ehrfürchtig zu küssen. Sie ließ ihre Zunge herausgleiten und wirbelte um den Kopf herum, bevor sie sie in ihren Mund saugte.

Sie flatterte mit der Zunge unter dem Kopf, hörte ihn stöhnen und seine Hand in ihr Haar gleiten. Erfreut über seine Reaktion setzte sie ihren langsamen Schritt fort, hob ihren Mund von seinem Schwanz und ließ ihre Hand am Schaft auf und ab gleiten, während ihre Zunge ähnliche Spuren hinterließ den venenartigen Stab auf und ab. Sie beugte ihren Kopf noch tiefer, um seine Eier zu lecken, was ein weiteres zufriedenes Stöhnen hervorrief, bevor er plötzlich ihren Kopf an den Haaren zurückzog, was sie zu ihm aufblicken ließ.

„Dafür haben wir später noch viel Zeit", knurrte er, „Jetzt offen!"

Sie öffnete ihren Mund und er stieß in sie hinein, sodass sie würgte. Sie schluckte schwer; Er hatte einen einigermaßen großen Schwanz, aber nicht überwältigend groß, und als sie in einen Rhythmus mit ihm kam , gurgelte und schluckte sie um den Kopf herum und nahm ihn in die Öffnung ihrer Kehle, anstatt ihn zu würgen und zu ersticken. Die weichen Locken, die den Schwanz krönten, den sie eifrig lutschte, rochen nach der Lederhose, die er getragen hatte, und sie schob bereitwillig ihre Nase hinein, während er weiter in ihren Saugmund hinein und wieder heraus stieß.

Tränen liefen über ihre Wangen und Sabber hing von ihrem Kinn, als er ihr Haar zurückzog und ihr Gesicht zu ihm hob, wobei nur noch die Spitze seines Schwanzes zwischen ihren Lippen blieb. Der Blitz ging mehrmals los und er stöhnte laut: „Auf, Zunge raus." Der erste Spritzer Sperma ließ seinen Schwanz springen und über ihre Nase und Wange spritzen, der zweite landete auf ihrer Zunge und ein dritter landete auf ihrer Nase und Wange, wiederum knapp an ihrem Auge vorbei. Er legte seinen Schwanz wieder auf ihre Zunge und befahl: „Saugen!" Der Blitz war während seines letzten Orgasmus weitergegangen, aber es war ihr egal, dass sie in diesem Moment so heiß und geil war.

„Für jemanden ohne viel Training bist du ein ziemlich guter kleiner Schwanzlutscher", sagte er, als er sie schließlich von seinem Schwanz wegzog und sie zurück auf den Boden warf. „Jetzt können wir zur Sache kommen. Folge mir", sagte er und drehte sich um, um wegzugehen, bevor er hinzufügte: „Kriechen."

Sie gingen auf die andere Seite des schwach beleuchteten Endes des riesigen offenen Raums, der ihrer Vermutung nach ein umgebautes Lagerhaus war. Er nahm in einem großen Ledersessel Platz und sie kniete vor ihm nieder. „Hände", hörte sie den Befehl und hob ihre Hände zu ihm und er legte ihre Handgelenke in Ledermanschetten, ähnlich denen, die sie für Robert getragen hatte. „Mir gefallen die Stiefel, du wirst sie anbehalten, steh", befahl er.

Er hob ihr Bein auf den Sitz zwischen seinen Beinen und legte eine Manschette um den Knöchel ihres Stiefels; Seine Hand fuhr ihr Bein hinauf zu ihrer Fotze. „Du liebst es, Schwänze zu lutschen, nicht wahr, Baby?", murmelte er, als sein Finger an dem dünnen Material ihres Strings vorbei in ihre Nässe drückte, was sie nach Luft schnappen und beißen ließ Lippe, als sie auf einem Fuß balancierte. Sein Finger stieß ein paar Mal in sie hinein und wieder heraus, während er knurrte: „Ich habe dir eine Frage gestellt, Baby."

„Ja, Sire", keuchte sie.

"Dann sag es!" forderte er auf, seinen Finger von ihr zu ziehen und leicht ihre Klitoris zu streicheln.

„Ich liebe es, Schwänze zu lutschen, Sire", keuchte sie und stieß ein leises Wimmern aus, während sie errötete.

„Gutes Mädchen. Solange du bei mir bist, wird es nichts mehr davon geben." Er bündelte den dünnen String und riss ihn von ihrem Körper. „Kein Höschen, keine BHs. Sind wir klar?"

„Ja, Sire", sagte sie atemlos, das Brennen des reißenden Gummibandes erwärmte sie leicht.

„Anderer Fuß", befahl er und sie wechselte ihre Position. „Du wurdest in den Arsch gefickt?"

„Ja, Sire", antwortete sie und fuhr mit der einfachen Antwort fort, während er weiterhin nach ihren bisherigen Erfahrungen fragte. Wurde sie verprügelt, beschnitten, mit dem Rohrstock verprügelt, ausgepeitscht oder ausgepeitscht? Wurden Klammern, Analplugs, Perlen oder Ben-Wah-Bälle verwendet? Wachsfigurenkabinett, Wassersport? Er war froh, dass sie keine Piercings hatte und dass sie Leder anscheinend genauso liebte wie er. Dann erkundigte er sich nach Lifestyle-Fetischen. Der einzige, den sie wirklich verstehen konnte, war die Haltung als Haustier. Obwohl sie den Wunsch verspürte, zu lernen, wie man Samantha diente, erinnerte sie sich nicht an den Namen.

Er erklärte, dass er die Adresse von Sire gewählt hatte, weil er sich zwar damit identifizierte, ein Daddy-Dom zu sein, aber die Unreife und kindlichen Zuneigungen von Mädchen wie Sara nicht genoss. Stattdessen sehnte er sich nach dem Respekt und der ultimativen Kontrolle darüber, dass eine junge Frau wie Susan in jeder Kleinigkeit auf ihn angewiesen war. Er kümmerte sich um sie und kontrollierte ihr Leben, solange sie bei ihm war, wie es ein Vater für ein junges Mädchen tun würde, aber er hatte auch eine ausgeprägte sadistische Ader und mochte es, wenn seine Mädchen ihr Verlangen nach Schwänzen und hartem Gebrauch annahmen. Damals mochte er es , echte Schlampen zu sein, kokett zu sein und sogar mit seinen Freunden zu necken, und während er ihr diese Woche erlaubte, viele verschiedene Schwänze zu lutschen, durfte sie während ihrer Zeit mit ihm keinen penetranten Sex mit anderen haben. Er wollte kein Schreibaby oder einen Wutanfall.

Wenn er wollte, dass ein Mädchen weinte und schmollte , würde er ihr einen guten Grund geben, genau das zu tun.

„Gibt es etwas, das wir noch nicht besprochen haben und das Sie gerne hinzufügen würden?" fragte er sie ernst.

„Wie Sie wissen, wurde ich von Robert in diese Art des ... Lebens eingeführt. Als ich sein Halsband nahm, wusste ich, dass ich mehr erleben wollte, alles, alles, was er mir zeigen wollte, aber..." Sie stockte. „Es sollte nicht sein, jetzt liegt es an Männern wie dir, mir verschiedene Dinge zu zeigen. Ich versuche damit zu sagen, dass ich nicht weiß, was mir noch nicht gefällt oder wo meine Grenzen liegen, ich kenne nur die eines Mannes." Und ich liebte ihn genug, um alles für ihn zu tun. „Das", sie sah zu ihm auf, „wird auf so vielen Ebenen anders sein."

„Ah, liebes Mädchen", er umfasste ihr Gesicht und küsste ihre Nase, „Du hast mich bereits auf mehr Arten erfreut, als du allein anhand dieses Satzes ergründen konntest."

Er zog sie über seinen Schoß. „Nun, Baby, das ist nicht, um dich zu bestrafen, sondern einfach zu meinem eigenen Vergnügen." Seine Hand krachte auf ihren Hintern und sie schrie auf. Er war ein großer Mann, sowohl von der Größe als auch von den Muskeln her, ihr Arsch erhitzte sich schnell und sie kreischte und schluchzte vor Hitze, als die Finger seiner anderen Hand in sie eindrangen und ihre Klitoris neckten. Innerhalb kürzester Zeit bettelte sie darum, abzuspritzen.

„Du brauchst heute Abend nicht zu betteln, du kannst so oft abspritzen, wie du kannst", grinste er und gefiel ihr, dass sie so eine heiße Schmerzschlampe war. Andrew hatte heruntergespielt, wie gut dieses Mädchen war, oder vielleicht war ihm das nicht bewusst. Wie auch immer, sie gehörte eine Woche lang ihm und er hatte fest vor, das Beste daraus zu machen. Sie kam hart und lang und bedeckte seine Hand und seinen Oberschenkel als Beweis dafür, dass es ihr Vergnügen bereitete, verprügelt zu werden. Er stieß sie von seinem Schoß und landete zusammengeballt vor seinen Füßen.

„Räum dein Chaos auf, Schlampe", knurrte er und sie ging sofort auf die Knie und leckte seinen Oberschenkel, fast schnurrend vor Vergnügen. Er hob ihren Kopf an den Haaren hoch und schob seine klebrigen Finger in ihren Mund. „So ein hungriges kleines Mädchen, ich wette, du wünschst dir, das wäre ein Schwanz, nicht wahr? Keine Sorge, ich werde dafür sorgen, dass du diese Woche mehr Schwänze lutschen kannst, als du dir jemals vorgestellt hast", sagte er mit einem misstrauischen Lächeln. Susan genoss die letzten Wellen ihres ersten echten Orgasmus seit Monaten und wusste, dass es das war, was sie brauchte. Sie spürte sein Verlangen nach ihr, und es war genug, genug, um in ihr den Wunsch zu wecken, ihm eine Freude zu machen und sein Lob zu hören.

*****

Susan erwachte zusammengerollt auf einem kleinen Bett in der Ecke der großen, offenen Lagerhauswohnung. Sie konnte sehen, wie Sire auf einem Ledersofa in der Nähe herumlungerte und auf ein iPad tippte, und sie stand auf und dehnte behutsam lange, unbenutzte Muskeln, die am Abend zuvor trainiert worden waren. Sie schaute sich in dem sonnendurchfluteten Raum um und staunte darüber, wie gut er gestaltet war. Letzte Nacht war es fast in Schatten gefallen, sodass sie die Weite eines Hauses ohne Wände nicht wirklich wahrnehmen konnte. Unsicher, ob sie um Erlaubnis zum Umzug bitten sollte, saß sie ruhig da und wartete darauf, bemerkt zu werden.

Schließlich wollte sie unbedingt auf die Toilette und sagte leise: „Guten Morgen, Sire. Darf ich bitte die Toilette benutzen?"

„Gut, dass du wach bist, komm her und lutsch zuerst meinen Schwanz, er hat heute Morgen seit über einer Stunde die Aufmerksamkeit deines schwanzlutschenden kleinen Mundes vermisst", antwortete Sire, „und diese Bilder, die ich letzte Nacht von dir gemacht habe." haben meiner Geduld nicht geholfen, während du geschlafen hast. Er hielt ihr das iPad entgegen, damit sie ihre eigenen tränenreichen Augen über den weit gestreckten Lippen sehen konnte, als sie am Abend zuvor seinen Schwanz lutschte.

Susan kroch zu ihm und versuchte sich an die wenigen Regeln zu erinnern, die er ihr am Abend zuvor auferlegt hatte, und kniete sich vor ihm nieder. Er war von ihren Anstrengungen in der Nacht zuvor genauso nackt geblieben wie sie, und sie senkte ungehindert ihren Kopf zu seinem Schwanz und küsste ihn fast ehrfurchtsvoll, bevor sie mit ihrer Zunge der Länge nach auf und ab fuhr . Sie kniete sich in eine bessere Position, legte eine kleine Hand um seinen Schwanz und rollte mit ihrer Zunge um den Kopf.

„Keine Hände", murmelte er und sie zog gehorsam ihre Hände hinter ihren Rücken und weitete ihren Mund, um ihre Lippen über die Weite seines Schwanzes zu strecken. Ihre Zunge flatterte und rollte, als sich ihr Mund an die Größe gewöhnte. Sie spürte, wie sich seine Hände in ihren Haaren vergruben, als sie begann, ihren Kopf langsam auf und ab zu bewegen und mehr von ihm in ihren Mund zu nehmen.

Seine Hände wurden fester, als er sie in dem Tempo führte, das ihm gefiel, denn obwohl sein Schwanz breit war, war er nicht übermäßig lang, und sie nahm ihn ganz, ohne völlig zu ersticken. Ihr Würgen und Gurgeln schien ihn anzuspornen, und er begann, sich mit seinen Hüften nach oben zu bewegen, während er ihren Mund nach unten drückte. Er hielt nicht lange durch und schon nach ein paar weiteren Minuten kam er laut und grunzend, als er ruckartig in sie eindrang. Sie gurgelte und schluckte und hob langsam ihren Kopf, während er ihre Haare losließ und sicherstellte, dass sie kein Sperma auf ihm hinterließ.

„Oh ja, das Warten hat sich gelohnt, Sie können jetzt auf die Toilette gehen", lächelte Sire, ging voran und kroch hinter ihm her. Er setzte sie auf der Toilette in Richtung der Rückseite des Sitzes und ließ etwas Platz zwischen ihren weit gespreizten Beinen und der Vorderseite des Sitzes. Er starrte auf sie herab. „Na, pisse, wenn du es so dringend brauchst", knurrte er.

Susan schloss die Augen und zwang ihre Blase, sich zu entspannen. Sie hatte gerade angefangen zu pinkeln, als sie überrascht aufquiekte. Ihre Augen weiteten sich, als sie feststellte, dass auch Sire pinkelte und gleichzeitig seinen gelben Strahl über ihre ganze Fotze spritzte. Als er fertig war , hielt er seinen Schwanz an ihren Mund. „Reinige meinen Schwanz", befahl er.

Ungläubig gegenüber der Bitte und ihrer eigenen Bereitschaft zu gehorchen, öffnete sie langsam ihre Lippen und nahm den jetzt schwammigen Kopf zwischen ihre Lippen, saugte und zuckte vor Schock, als er ihr einen letzten Spritzer heißer Pisse über ihre Zunge gab. „Schluck es, Pisse ist steril, es wird dir nicht schaden", kicherte er, als er sah, wie sie zwischen Gehorsam und Abscheu schwankte, aber sie schluckte. „Gutes Mädchen", er streichelte ihr Haar, „Jetzt duschen, du riechst wie eine Zehn-Dollar -Nutte in einer geschäftigen Nacht", er kicherte weiterhin über ihre tiefe Röte vor Demütigung.

„Ja, Sire", antwortete sie automatisch.

Dann verließ er sie, und sie sprang unter die Dusche, schrubbte ihren Körper und gurgelte mit dem heißen, dampfenden Wasser, um ihren Mund vom Uringeschmack zu befreien. Sie kam frisch und entspannt aus dem Badezimmer, das heiße Wasser hatte Wunder auf ihre schmerzenden Muskeln gewirkt. Er rief aus einem Teil des Raums etwa auf halber Höhe und lächelte, als sie näher kam.

„Setz dich und iss. Du bist zu dünn, wie jeder sagt, und ich habe strenge Anweisungen, dich gut zu ernähren", lachte er und nahm selbst Platz. Er hatte Pfannkuchen, Speck, Eier und einen Berg Toast gemacht. „Zum Glück mache ich immer einen großen Einkauf, wenn ich von einer Reise nach Hause komme", lachte er.

Susan stellte fest, dass sie, genau wie beim Abendessen am Abend zuvor, hungrig war und glücklich aß. Sie war sich nicht sicher, ob es an dem Training lag, das er ihr am Abend zuvor gegeben hatte, oder nur an der neuen Orientierung, die sie in ihrem Leben hatte, aber sie stellte es nicht in Frage und aß in dem Wissen, dass sie beobachtet wurde.

„Gibt es einen Grund, warum dieses Treffen im Club stattfinden muss?" fragte Sire.

„Ich glaube, Meister Andrew wollte nur, dass ich mich dort umziehe, bevor ich in die Firma gehe; es ist ein Geschäftstreffen", antwortete sie wahrheitsgemäß.

„Okay, ich schätze, ich sollte dich für das Treffen anziehen lassen", kicherte er. „Wir können noch ein paar andere Dinge bei dir abholen. Ich nehme an, dass du dort eine Wohnung hast?"

„Ja, Sire", lächelte sie, gefangen von seinem Humor.

„Iss weiter, ich rufe Alan an. Sehen wir, ob wir den Veranstaltungsort nicht leicht ändern können", grinste er.

Susan aß weiter, konnte aber die laute Unterhaltung hören, als Sires Wut aufstieg und sie ein wenig zusammenzuckte. Als er zurückkam, blickte er sie stirnrunzelnd an und saß einen Moment lang tief in Gedanken versunken da. Plötzlich erwachte er aus seinen Gedanken und sah sie an. „Überfürsorgliche Idioten , nicht wahr? Kein Wunder, dass du fliehen musstest." Er streckte die Hand aus und ergriff sie in einem Akt der Zärtlichkeit und des Verständnisses. „Ich werde hier sein, wenn du von deinem Geschäftstreffen zurückkommst. Zieh dich jetzt an, Kleines", forderte er sie auf.

„Ja, Sire", sagte sie leise, verwirrt über das, was passiert war.

Er räumte die Trümmer vom großen Frühstück auf und beobachtete sie von seinem Standpunkt aus, der groß genug war, um über alle Möbel zwischen ihnen hinweg oder darüber hinwegzusehen. Sie war eine wunderschöne junge Frau, trotz ihrer mangelnden Ausbildung unterwürfig und gehorsam. Doch hinter ihr steckte mehr, als man auf den ersten Blick erkennen konnte, und er kam zu dem Schluss, dass er alle Einzelheiten über Roberts Tod und ihre Rolle darin herausfinden musste . Die Art und Weise, wie Alan und Andrew auf ihre Bitte reagierten, schien, als ob sie ihrem Urteil darüber, was sie in ihrem Leben wollte oder brauchte, nicht vertrauten, und er wusste genau, wer ihm die Antworten geben konnte, die er wollte, wenn er sie finden konnte .

Sire zog seine alte, abgenutzte Lederkombi und seine Jacke an, holte eine kleinere heraus, die er für Anlässe wie diesen hatte, und reichte sie Susan, die genauso sexy aussah wie am Abend zuvor, umso mehr, als er jetzt um die Freuden wusste, die er hatte mit dem kleinen köstlichen Körper. Die Jacke war zwar klein, aber immer noch einige Nummern zu groß, aber sie krempelte die Manschetten hoch und sie gingen, um in ihre Wohnung zurückzukehren. Während der Fahrt fragte er sie nach ihrem Job in der Firma und den Menschen, mit denen sie zusammenarbeitete. Er war erfreut zu hören, dass Cassandra ihre Assistentin war und fragte, ob sie heute bei dem Treffen dabei sein würde. Er lächelte vor sich hin, als Susan ihm genau erklärte, wo er Cassandra finden konnte.

Erneut parkte er vor dem Haupteingang und begleitete sie zu ihrer Wohnung. Er ging sofort und mit einem Gefühl der Dringlichkeit durch ihren Kleiderschrank und warf mehrere Outfits auf ihr Bett. „Die packst du zusammen mit allen persönlichen Dingen ein, die du für den Rest der Woche haben möchtest. Alles, was wir sonst noch brauchen, besorgen wir unterwegs. Du wirst nicht zurückkommen, bis wir mit deinem Training fertig sind." Er sah sie an, als sie dastand, den Kopf schief legte und nachdenklich auf ihrer Lippe kaute. Er ging auf sie zu und hob ihr Kinn, sodass sich ihre Blicke trafen.

„Sie werden dich noch einmal fragen, ob dieses Training das ist, was du willst", sagte er ernst. „Seien Sie sich vor der Antwort ganz sicher, denn ich werde Sie nicht wie eine zerbrechliche Porzellanpuppe behandeln. Ich werde jeden Moment Ihrer Unterwerfung genießen, auf meine Art, nein." Kompromisse oder Sonderbehandlung, hart und rau und anspruchsvoll genau wie ich." Er sah die Andeutung eines Lächelns und wusste, dass sie das hören musste. Jetzt musste er nur noch herausfinden, was zum Teufel in den letzten sechs Monaten los war.

Susan verspürte ein Gefühl der Erleichterung. Sie hatte sich über seinen Stimmungsumschwung nach dem Anruf bei Alan Sorgen gemacht und dachte vielleicht, dass er sie nicht weiter ausbilden wollte. Sie fürchtete, dass sie wieder weggepackt werden würde, um das qualvolle Halbleben aus Mitleid und Verlust, das sie gelebt hatte, zu ertragen. Es gab Ähnlichkeiten mit Robert in dem Mann, der ihren Blick hielt, aber es gab auch viele Unterschiede, und das machte es auf seine Art spannend. Er war ausgewählt worden, weil Andrew ihm ihre Unterwerfung anvertraute, und seltsamerweise reichte Andrews Unterstützung für Susan nach allem, was Robert durchgemacht hatte, um ihr Vertrauen zu gewinnen, vorerst aus.

„Ja, Sire", antwortete sie schließlich, „ich würde sehr gerne noch eine Woche bei Ihnen bleiben." Er kicherte und beugte sich vor, um sie zu küssen, wobei er ihr tief auf den Hintern klatschte, was ein Quieken hervorrief, das ihn noch mehr zum Lachen brachte.

„Gut, jetzt dieses Treffen", er wandte sich wieder ihrer Garderobe zu, „Sie werden etwas Sexyes brauchen. Etwas, das zeigt, dass Sie eine selbstbewusste junge Geschäftsfrau sind , die ihre eigenen Gedanken kennt." Er begann, ihre Anzüge hochzuhalten und einen nach dem anderen wegzuwerfen. „Endlich", hauchte er. Er hielt ein kurzes, tailliertes Kleid im Tunika-Stil in Marineblau hoch. Er ging zu ihrer Unterwäscheschublade. „So sehr es mir auch weh tut", er hielt ihr ein Paar durchsichtige Spitzenhöschen und ein Paar fleischfarbene, oberschenkelhohe Strümpfe mit elastischem Spitzenbündchen oben hin. Er beobachtete sie beim Anziehen und reichte ihr die dazu passenden blauen Pumps mit hohen Absätzen.

„Frisur hoch und nur ein Hauch Make-up", befahl er und begann, die Sachen, die er aufs Bett geworfen hatte, in eine Tasche zu packen. "Persönliche Dinge?" fragte Sire, als sie den Reißverschluss der Tüte schließen wollte, und sie ging ins Badezimmer, um ihre Zahnbürste zu holen, als sie sich an den neuen Geschmack dieses Morgens erinnerte. Außerdem packte sie etwas Make-up und Haargummis sowie ein Foto ein. Ein fröhlich aussehendes Familienfoto von ihr und ihren Eltern, aufgenommen auf ihrer Jubiläumsfeier. Robert war nicht darin, aber Susan erinnerte sich, wer die Kamera gehalten hatte, und lächelte, als sie sie ansah, bevor sie sie ihm zum Packen reichte.

„Tinkerbelle, was? Es steht dir", kicherte Sire. Er nahm die Tasche und die Jacke, die sie zuvor für die Radtour getragen hatte. „Dann gehst du am besten zu Andrew."

Sie fuhren mit den Aufzügen hinunter zum Club und gingen durch das Foyer, ohne alle Begrüßungen zu hören, während er sie ins Wohnzimmer führte. Sire verschwendete keine Zeit mit Höflichkeiten in einem seiner Meinung nach anspruchsvollen Club.

„Ich weiß nicht, was du hier vorhast, Andrew. Es geht um ihr Leben, ihre Unterwerfung, ihre Gabe und um es mit den Worten unseres Bruders Barry zu sagen: Wenn du sie zu sehr in den Griff bekommst, wird sie dich beißen und davonlaufen." Er drehte sich um und reichte Susan ihr Telefon. „Meine Nummer ist da, wenn das vorbei ist. Ich werde dich jederzeit abholen, ruf einfach an und sag mir, wo."

„Wenn Sie aus irgendeinem unerklärlichen Grund heute Abend nicht anrufen", er blickte Andrew mit eisernem Blick an, „werde ich Ihre Tasche morgen hier ins Foyer zurückbringen." Er ging zur Tür und drehte sich um, um einen letzten Abschiedsspruch zu sagen: „Lass sie dich nicht beißen, Andrew, denn du wirst sie nie zurückbekommen."

„Du hättest es ihm sagen sollen", sagte Gregory vom anderen Ende des Raums und ließ Susan zusammenzucken, „so wie du es den Stakeholdern sagen solltest." Gregory schien wütend zu sein und Susan wurde klar, dass sie Teil eines Streits gewesen war, ohne es überhaupt zu wissen. Sie stand stocksteif da und versuchte herauszufinden, was gerade passiert war.

Andrew ging zu Susan und hob sie hoch. An der Art, wie sie so gründlich auf ihrer Unterlippe kaute, bemerkte er, wie sie in Gedanken über die bevorstehenden Probleme nachdachte. Er saß in einem großen bequemen Stuhl und hielt sie auf seinem Schoß, bevor er sie auf die Stirn küsste und lächelte.

„Schau nicht so besorgt, Kleines, es ist nicht so schlimm", sagte Andrew leise. „Du sahst großartig und glücklich aus, selbst als du reinkamst. Hattest du einen lustigen Abend?"

„Ja, Meister Andrew", grinste Susan.

„Gut", Andrew entspannte sich sichtlich, als er ihr Lächeln sah, und Gregory trat näher und nahm in der Nähe Platz. „Ich muss dich zum Treffen mit Alan bringen. Er ist im Moment zu beschäftigt, um das Büro zu verlassen, also werden wir bald dorthin gehen, aber zuerst", sagte er abwehrend, „ hat Barry für heute Abend ein Treffen der Interessengruppen einberufen, und das glaube ich nicht." Es wird angenehm sein. Sie müssen nicht teilnehmen, wenn Sie nicht möchten.

„Es geht um mich?" Susan hatte wieder angefangen, an ihrer Lippe zu nagen, als sie über seine Worte nachdachte.

„Ja", Andrew war von ihrer Frage überrascht, „Barry behauptet, er habe eine vorherige Bürgschaft, dass er Sie ausbilden dürfe, und dass Sie durch Robert der Vereinbarung zugestimmt und sie akzeptiert hätten. Als Ihr Vormund möchte der Interessenvertreter mich bitten." die ursprüngliche Vereinbarung wiederzubeleben."

„Ich verstehe", Susan nickte. „Könnten Sie mich bitte vor dem Treffen mit Alan zu Master James bringen? Ich bin mir sicher, dass er nichts dagegen hat, wenn ich etwas zu spät komme", fragte sie hoffnungsvoll.

„Das könnte ich, aber ich würde zuerst gerne wissen, warum." Andrew runzelte die Stirn, das war nicht die Antwort, die er erwartet hatte.

„Bitte, Meister Andrew, es ist mir sehr wichtig und Sie können die ganze Zeit bei mir bleiben. Ich habe eine Idee, bin mir aber nicht sicher, ob sie funktionieren wird, und ich muss sie gründlich durchdenken und mit Meister James sprechen, bevor ich es sage." „Es laut", erklärte sie, ohne es zu erklären.

Tatsächlich konnte Susan kaum etwas von ihm verlangen, was er nicht tun würde, und er konnte in ihrer einfachen Bitte keinen Schaden erkennen. „Gregory, kannst du Alan anrufen und fragen, ob wir das Treffen um eine Stunde verschieben können? Sag ihm, dass es ‚wichtig' ist", betonte er das Wort und grinste. Er nickte auf das Telefon in Susans Hand. „Du kannst James anrufen, da ich keine Ahnung habe, warum du ihn sehen willst."

Susan lachte und rief die Nummer in ihrem Telefon an. Sie hatte alle Nummern von Roberts engsten Freunden für den Fall, dass sie sie jemals brauchen sollte. James war überglücklich, von ihr zu hören und begrüßte den spontanen Besuch. Gregory bestätigte, dass Alan das Treffen gerne verschieben würde, da er sich Zeit für Susan nehmen könne, wann immer sie heute Nachmittag ankomme.

Nach einer langen Begrüßung und Seufzern von Sara, die behauptete, das Arbeitszimmer ihres Vaters nie betreten zu dürfen, saß Susan innerhalb einer halben Stunde mit Andrew in James' Arbeitszimmer. Schließlich schmollte sie und schaute sich Zeichentrickfilme an, damit sie über Dinge für Erwachsene reden konnten, obwohl Susan ihr nur wenig ähnelte.

„Komm Kleiner. Sag Onkel James, wie er dir helfen kann", der ältere Mann klopfte ihm auf den Schoß und forderte sie auf, sich zu setzen. James schaffte es, ihr das Gefühl zu geben, ein kleines Kind zu sein, und gehorsam setzte sie sich auf seinen Schoß und ließ sich von ihm beruhigend an sich kuscheln.

„Kommst du zum Stakeholder-Treffen, Onkel James?" fragte Susan leise.

„Natürlich, Kleiner", beharrte Barry ganz unnachgiebig.

„ Nun , hier ist die Sache", Susan setzte sich auf und versuchte erwachsener zu sein, als seine Anwesenheit es ihr jemals erlaubte. „Ich kenne den Trainingsplan, den mein Meister erstellt hat, besser als jeder andere. Er hat mir immer gesagt, was er wollte, und mir Wahlmöglichkeiten gelassen, und ich glaube, manche Leute vergessen, dass das ein Teil von mir ist." James nickte, schwieg aber, bis sie zu dem kam, was sie sagen wollte.

„Die Sache ist die", runzelte sie die Stirn und versuchte in Worte zu fassen, was sie sagen wollte. „Es ist so, als wärst du der Erste auf der Liste, die der Meister aufgrund der Vereinbarung, die er mit seinen Freunden getroffen hat, gemacht hat, und ..." Sie hielt inne und kaute auf ihrer Lippe, „wenn ich so zu dir gekommen wäre, wie ich es jetzt bin, und du dem zugestimmt hättest." Ihr Mentor sollte mich an Ihrer Stelle ausbilden, da Sie eine enge Verbindung zum Meister haben ..."

„Dann könntest du eine Woche mit Billy verbringen", endete James für sie und kicherte vor echter Heiterkeit. „Robert hat immer damit geprahlt, wie klug und rücksichtsvoll du warst! Das ist genial!" Sein Lachen brachte Susan dazu, sich zu rollen, und Susan konnte nicht anders, als mit ihm zu kichern.

„Vielleicht könnten Sie die anderen Meister auch dazu ermutigen, einen zweiten zu engagieren, jemanden, den sie betreut und dem sie vertraut haben, damit Susan diesen Grad der Trennung von Robert erreichen kann", schlug Andrew, der geschwiegen hatte, schließlich vor.

"Exzellent!" James schwärmte: „Ich könnte in ihrem Namen eine gute, von Herzen kommende Rede halten. Die Frage ist, will Billy sie zurück?"

„Er nahm meine Tasche mit, die er selbst gepackt hatte, und sagte mir, ich solle ihn anrufen, sobald ich bereit sei", grinste Susan.

„Gutes Mädchen", James hatte großen Spaß. Der Ruhestand und das ruhige Leben mit Sara, die wirklich ein braves kleines Mädchen war, begeisterten ihn nicht mehr so sehr wie früher. „ Aber du bringst Onkel Billy zu einem Spieltermin mit Sara an einem Nachmittag seiner Wahl mit, damit du und ich uns noch etwas unterhalten können." Susan nickte, kaute auf ihrer Lippe und fragte sich, wie sie Sire sagen würde, dass er mit Sara zu einer Teeparty gehen musste, wenn James wieder sprach. „Mach dir keine Sorgen, Kleiner, ich werde es ihm sagen, wenn du willst. Ich denke, es würde ihm Spaß machen, was du heute

Nachmittag gesagt hast." Er brach in lautes Gelächter aus. „Ich glaube nicht, dass wir so etwas wie dieses gesehen haben, seit Kitty uns verlassen hat, hey, Dick?"

Andrew nickte, äußerte seine Gefühle aber nicht, sie waren noch zu offen. Kitty war vor einem Jahrzehnt gestorben, aber er hatte sich zusammen mit seinem engsten Freund und Geschäftspartner Robert erst vor Kurzem wirklich von ihr verabschiedet.

„Es tut mir leid, Onkel James, aber ich muss zu einem anderen Treffen. Ich bin mir sicher, wenn du es Sire erklärst, ähm Billy, dann wird er mich bald zu einem Spieltermin vorbeibringen", lächelte sie. „Aber ich sehe dich heute Abend und du wirst mir helfen, zusammen mit den anderen Meistern?"

„Natürlich, liebes Kind. Tatsächlich freue ich mich schon sehr darauf", kicherte James erneut.

„Das bin ich auch", Andrew konnte nicht anders, als in die fröhliche Atmosphäre einzustimmen.

Susan küsste James auf die Wange und stand auf, um an Andrews Seite zurückzukehren, als dieser wiederum aufstand und ihre Hand nahm. „Sag Sara, dass ich ihre Onkel bitten werde, ihr eine Überraschung zu schicken, weil sie so ein braves Mädchen ist", grinste Susan, und sie gingen zur Tür und gingen leise hinaus.

Susan fuhr leise im Auto neben Andrew, während sie in Gedanken versunken in die Firma gingen. „Es schien, als hätten wir dich alle unterschätzt, Kleiner", brach Andrew schließlich das Schweigen. „Woher wussten Sie, dass James in diesem Lebensstil so viel Gewicht hatte?"

„Das habe ich nicht wirklich. Es war eine Art Glücksspiel, aber der Meister zeigte ihm immer Respekt, er war immer der Erste." Susan wischte die Annahme ab, dass sie eine innere Art zu wissen hatte.

„Meines Wissens ist es dreimal vorgekommen, dass jemand James in die Quere gekommen ist. In zwei dieser Fälle waren die Männer bankrott und allein, ihr Ruf war in Trümmern", grinste Andrew. „Auch wenn Sie es nicht merken, was Sie gerade getan haben, war ein Meisterstreich. Ich hoffe, Sie haben Ihren Abend mit Sire genossen, denn jetzt kommt noch mehr."

„Damit kann ich leben", grinste sie.

Andrew lachte dann mit ihr und sah sie genau an. Er hatte sie zu Roberts Lebzeiten ausschließlich als Sklavin gesehen, als jemanden, dem er Befehle erteilen und mit dem er spielen konnte. Bei seinem Tod hatte er sie als Kind gesehen, das beschützt, verwöhnt und umsorgt werden musste. Als sie nun aus der dunklen Wolke auftauchte, die sie nach seinem Tod überschwemmt hatte , wurde ihm klar, wie fähig sie war, ihr eigenes Leben zu meistern, aber gleichzeitig bereit, sich den Regeln und Willen der Menschen im Club zu beugen, die ihr wichtig waren , das Unternehmen und der Lebensstil, den sie teilten, wie sie es mit Robert gelernt hatte .

Susan war überrascht von der herzlichen Begrüßung durch die Rezeptionisten im Erdgeschoss. Sie fragte sich, ob sie schon immer so freundlich gewesen waren oder ob es nur daran lag, dass sie mit Andrew zusammen war. Schweigend fuhren sie mit dem Aufzug zu Alans Büro und gingen durch das Foyer und den Flur hinunter zur Suite, wobei sie ihre Kollegen begrüßten.

Anne war aufgestanden und begrüßte Andrew schnell, dann drückte sie Susan an sich. „Oh mein Gott, es ist so schön, dich zu sehen und du siehst großartig aus!" Sie ging mit ihnen in Alans Büro. Susan hatte sich von diesem Treffen so viel gewünscht, und sie beruhigte die Schmetterlinge in ihrem Bauch, als sie ihren Freund und Vormund Alan ansah , dessen Gesicht sich bei seinem Anblick fast in zwei Hälften teilte. Er umarmte sie fest und küsste sie herzlich.

„ Also du stehst mir zur Seite und du hast einen Vorschlag für mich", Alan stellte sie wieder auf die Beine.

„Es ist nicht so sehr ein Vorschlag, aber etwas, das ich gerne tun würde", sagte Susan hoffnungsvoll mit selbstbewusster Stimme, obwohl ihr Inneres sich wie Wackelpudding anfühlte. Sie bereitete sich darauf vor, ihr ein Ultimatum zu stellen, hoffte jedoch, dass es nicht so klingen würde, als wäre es eines. Schließlich holte sie tief Luft und sagte zu Alan genau das, was sie erst vierundzwanzig Stunden zuvor zu Andrew gesagt hatte. „Können wir bitte als Freunde sprechen, Freunde, die sich umeinander kümmern?" Andrew lehnte sich zurück und sah zu und fragte sich, ob sein Gesicht voller Verärgerung und Verwirrung war, als sie die gleichen Worte zu ihm sagte wie jetzt Alan.

„Natürlich", sagte Alan großmütig und gewann schnell seine geschäftliche Fassung zurück.

Susan beschönigte ihre Zeit in Andrews „Hütte" und ihre Rücksichtslosigkeit bei der Suche nach One- Night-Stands, nur um wieder etwas zu spüren. Sie erklärte, dass die One- Night-Stands Zeitverschwendung seien und Cassandra gesagt habe, es sei eine Lektion, die sie lernen müsse. Diese Vanille bereitete ihr keinen wirklichen Genuss mehr.

nahm sich Zeit und erzählte dann von dem Besuch von Barry und Cinthia und ihrem Vorschlag bezüglich der Schulung, die Robert durchgeführt hatte. Abschließend sprach sie über ihre eigenen Gefühle darüber, wie es jetzt funktionieren könnte, und wenn er James heute Abend bei dem Treffen helfen würde, könnte sie glücklich sein. Unter all den Informationen, die sie ihm gab, erzählte sie, wie sie sich wie eine Aussätzige gefühlt habe, unberührbar und zerbrechlich, wie ein kaputtes Spielzeug auf einem hohen Regal, nach dem die Leute greifen, sich dann aber daran erinnern, dass es kaputt ist, und weggehen.

„Da ist noch mehr", Susan holte Luft. „Die geschäftliche Seite meines Lebens, weshalb ich hier bin", sagte sie leise.

„Dann machen Sie auf jeden Fall weiter", schwärmte Alan und lehnte sich in seinem Stuhl zurück und genoss es, ihr mit einer klaren Richtung zuzuhören. Susan erläuterte ihre Idee für ein neues Unternehmen, das sie unter dem Banner des Unternehmens besitzen und verwalten könnte, und ihre Idee, zu reisen, um gleichgesinnte Unternehmen und Hersteller zu besichtigen.

„Das war alles Roberts, nicht wirklich meins, und obwohl ich für meine Position hier in seiner Firma dankbar bin, kann ich nicht hier oder in diesem Büro sein, wenn ich jemals etwas Frieden von den Albträumen und Schuldgefühlen finden soll, die mich plagen ." „Ich würde gerne reisen und sehen, wie diese Unternehmen funktionieren und wie die Hersteller, die sie beliefern, sozusagen Beziehungen aufbauen", Susan hielt schließlich inne, um durchzuatmen und blickte zu Alan auf.

„ Um es noch einmal zusammenzufassen, so wie ich es verstehe", Alan sah sie ernst an, „Sie möchten, dass ich James und was auch immer er über Ihre Ausbildung heute Abend beim Stakeholder-Treffen sagt", er wartete, während sie sanft nickte und errötete, „und Sie wollen mich." um Ihre Streifzüge durch das Land zu genehmigen und zwischen dieser Schulung kleine Unternehmen zu inspizieren. Wieder nickte Susan.

„Da wir neben Ihnen und Vince die Hauptpartner in diesem Geschäft sind, muss ich fragen, was wir davon haben", Alan sah sie fest an.

Andrew war von der Frage überrascht. Er hatte nicht einmal daran gedacht, Nein zu Susan zu sagen, sondern eher an die Logistik, sie auf ihrer Reise zu beschützen. Er sah zu, wie Susan ihren Rücken aufrichtete und tief Luft holte.

„Ich kann nicht ganztägig hierher zurückkommen und glücklich sein", sagte Susan traurig. „Ich habe mit meinem Anwalt gesprochen, und die Idee ist fundiert, und ich könnte es bei Bedarf auch selbst umsetzen und von den Dividenden aus meinen Aktien des Unternehmens leben. Ich würde dies jedoch viel lieber unter Ihrer Anleitung tun." Sie appellierte an sein Ego: „Während wir in Italien waren, sagte Robert zu mir, dass man dieses Unternehmen genauso gut leiten könne wie er, wenn nicht sogar besser, während er weg war, deshalb konnte er einfach aufstehen und für eine so große Zeit abreisen." Zeit; er hatte dich und Andrew, die sich um alles kümmerten

... auch um mich. Sie warf die letzten beiden Worte ohne nachzudenken ein, aber sie wusste, dass es wahr war.

„Solche Schmeichelei ist unter dir, Susan, obwohl mein Ego das Streicheln genossen hat. Hier geht es ums Geschäft, über welche Art von Geschäft reden wir?" Alan beugte sich in seinem Stuhl vor, bereit, sie zu belästigen und Löcher in ihre Geschäftspläne zu bohren, falls sie überhaupt welche hatte.

Andrew lehnte sich zurück und beobachtete den Austausch. Aus diesem Grund hatte er Alan die Führung des Unternehmens überlassen und nur die großen Entscheidungen getroffen. Ob klein oder groß, Alan schwelgte in den Machenschaften der Geschäftswelt und konnte mögliche Fallstricke vor anderen erkennen.

„Ich interessiere mich für Schmuck, zunächst ein kleines Geschäft, das sich aber schließlich zu einem Franchisegeschäft ausweitet. Es würde zwar die üblichen Dinge führen, die man in einem Juweliergeschäft findet, aber ich hätte mir gewünscht, dass es eher eine Boutique wäre, die sich auch auf mundgeblasenes Glas spezialisiert." Als Fetischkleidung wie die Halsbänder, die Master Andrew herstellt. Sie sind wunderschön und, soweit ich das beurteilen kann, ein weitgehend unerschlossener Markt, abgesehen von dem, was online verfügbar ist", Susan hielt inne, um Luft zu holen. Tatsächlich hielt sie sich für eine Art junge Witwe und recherchierte in den letzten ein oder zwei Monaten online nach ähnlichen Arten von Unternehmen.

„Ich verstehe", murmelte Alan, „Hast du einen Plan mit dir?"

„Wenn ich mich irgendwo an einem Computer anmelden könnte, könnte ich es für Sie ausdrucken", lächelte Susan und bemerkte zufrieden die Überraschung in Alans Gesicht. Sie war absichtlich mit nichts in den Händen hereingekommen. Innerlich grinste Susan, hielt aber ihr Gesicht ernst, sie hatte sich den Plan per E-Mail geschickt, für den Fall, dass ein solcher Anlass jemals eintreten sollte.

„Natürlich lässt Anne dich ihres benutzen", lachte Alan und erkannte, dass er die junge Frau unterschätzt hatte. Robert hatte sie so in den Schatten gestellt, dass er ihrem betriebswirtschaftlichen Abschluss und dem Grund, warum sie gekommen war, um für ihn zu arbeiten, nie viel Glauben geschenkt hatte. Er sah zu, wie Susan sein Büro verließ und die Tür hinter sich schloss.

„Interessant", murmelte Alan Andrew zu, „ich glaube, ich habe dieses Mädchen unterschätzt."

„Du und ich beide", kicherte Andrew. „Ich habe gestern den Deal ‚Können wir als Freunde reden, die sich umeinander kümmern' bekommen, mit mehr Gewicht auf den persönlichen Dingen und dem Training. Ich denke, trotz der vielen Male, von denen Robert uns erzählt hat." Ihre Intelligenz und Stärke, die meisten von uns haben dieses kleine Mädchen völlig unterschätzt.

„Das sehe ich", Alan nickte und gab zu, dass es ihm genauso ging.

„Wildman hat mir heute ein paar Ratschläge gegeben", begann Andrew zu lachen und erkannte, wie wahr das war, nachdem Susan mit Alan darüber gesprochen hatte, es alleine zu machen, wenn er sie nicht unterstützen würde, obwohl sie es taktvoll gesagt hatte, es kam darauf an auf das Gleiche.

„Das kann ich mir vorstellen", lachte Alan laut.

„Überraschenderweise hat er ausgerechnet Barry zitiert, und ich denke, das wird heute Abend nötig sein, wenn sich die Gelegenheit ergibt. Nach dem Gespräch, das Sie gerade mit Susan geführt haben , denke ich, dass es angebracht sein könnte, seine eigenen Worte über ihn zu verwenden." Andrew hielt inne und Alan sah ihn mit hochgezogener Augenbraue an.

„Er konnte sehen, dass sie ihren eigenen Weg zu ihren eigenen Bedingungen fand, und sie hatte Angst, wie ein Brumby, der auf den Hof gebracht wird, in Barrys Worten: ‚Wenn du ihre Zügel zu fest hältst, wird sie dich beißen und davonlaufen." Und wenn ja, weiß ich nicht, ob wir sie jemals zurückbekommen könnten", Andrew rieb sich den Kiefer. „Mit den One-Night- Stands und all dem mache ich mir Sorgen ..."

„Ja, das kann ich verstehen , aber ich werde keinen schlechten Geschäftsplan genehmigen", auch Alan sah nachdenklich aus. „Wenn es Arbeit braucht, wie sie es zunächst alle tun, können wir es gemeinsam tun, im Club, wenn sie nicht hier sein will", änderte er, indem er sich ihren Worten und Andrews begründeten Sorgen beugte.

Susan kam zurück, aß eine Makrone und reichte Alan die ausgedruckten Blätter ihres Plans. „Bitte sagen Sie mir Ihre ehrliche Meinung", sagte Susan leise und ließ das Dokument los.

Als sie zusah, wie Alan begann, das Dokument durchzublättern, drehte sie sich zu Andrew und sagte leise: „Glauben Sie, wir könnten heute Abend vor dem Treffen früh zu Abend essen, Meister Andrew?" Sie schaute auf und sah, wie Anne die Bürotür schloss, nachdem sie sie sprechen hörte. Wieder einmal hatte Anne ihr dringend empfohlen , etwas zu tun, und war in der Nähe geblieben, um sicherzustellen, dass sie es tat. „Ich verhungere in letzter Zeit."

„Natürlich", sagte Andrew stirnrunzelnd, als ihm klar wurde, dass sie das Mittagessen komplett ausgelassen hatten.

„Auf dem Weg zum Club gibt es ein tolles kleines asiatisches Restaurant, wenn du woanders essen möchtest. Ich wollte Anne mit auf den Weg nehmen, wenn du mitkommen willst, sag es Barry aber nicht, er kann ein bisschen aufdringlich sein." darüber, dass wir woanders essen", grinste Alan.

Andrew zuckte mit den Schultern und Susan nickte lächelnd. Es schien, als würde ihr endlich jemand zuhören. Robert hatte ihr immer gesagt, man solle keine Angst davor haben, nach dem zu fragen, was sie wollte, er würde dann entscheiden, ob es angemessen sei oder nicht. Vielleicht lag es an der ruhigen, wohlüberlegten Art, mit der sie auf die beiden Männer zugegangen war, denen er ihre Zukunft anvertraut hatte, anstatt sie darüber zu beschimpfen, dass sie fliehen und in Ruhe gelassen werden wollten, was ihr nun, wie ihr klar wurde, nie eine Option war. Sowohl Andrew als auch Alan nahmen ihre Verantwortung ernst und es war ihre Art, Robert zu ehren.

„Vielen Dank, dass Sie sich meine Anliegen ernst genommen und sich die Zeit genommen haben, darüber nachzudenken. Es war sicher nicht einfach, mit mir in letzter Zeit zusammen zu sein, und das tut mir leid", Susan sah sie beide an. „Ich bin ein glückliches Mädchen." dass ihr beide auf mich aufpasst und euch trotzdem um mein Wohlergehen kümmert , und dafür liebe ich euch. Robert wusste wie immer, bevor ich es jemals tat." Sie kaute auf ihrer Lippe, während sie über seine Kontrolle über ihr Leben nachdachte, ihre Augen wurden glasig vor unvergossenen Tränen. „Mir ist klar, dass sich meine Einstellung zur Arbeit geändert hat, und nun, alles kommt mir ziemlich plötzlich vor, aber ich habe in letzter Zeit viel darüber nachgedacht, und ich möchte das alles wirklich tun."

„Ich habe mir diesen Plan noch nicht wirklich angesehen und ich werde nicht zulassen, dass du eine Fehlinvestition tätigst, nur weil du nett darum bittest", sagte Alan bestimmt.

„Oh, ich weiß", Susan lächelte schief, „Deshalb hat Robert darauf vertraut, dass du mich berätst und mir hilfst. Deshalb vertraute er Andrew, dass er sicherstellen würde, dass ich nicht einfach von einem Meister mitgerissen würde, der meine Unterwerfung nicht verdient hatte." Endlich verstehe ich das. Sie lachte verlegen. „Ich möchte einfach... ich weiß nicht... die Wahl haben, was meine Zukunft bringt, und wieder anfangen zu leben, weißt du?" „Ich hatte nie den Mut, mit dir darüber zu sprechen, was ich wirklich tun wollte." Sie sah beide an . „Ich schätze, Cinthias Besuch und Barrys Einladung waren der Auslöser. Wenn ich Gregory noch mein betrunkenes Geständnis darüber hinzufüge, was ich in der Hütte gemacht habe, dann kam irgendwie alles auf einmal zusammen, sodass ich schließlich etwas sagen musste." hoch."

Alan blickte noch einmal auf den Plan in seinen Händen. Ihm hatte ihre kleine Rede gefallen. Es zeigte die Voraussicht einer Entscheidung, die er für voreilig und hastig gefasst hielt. „Lassen Sie Anne Ihnen die paar Büros zeigen, in die wir Sie verlegen könnten, und wählen Sie

Ihre eigenen Farbschemata usw. aus, während Andrew und ich uns über Ihren Plan unterhalten und darüber, was ich unterstützen soll „Alan war sehr sachlich und nicht der entspannte Trottel, von dem Susan wusste, dass er in dieser Firmenmensch-Persönlichkeit steckte."

„Ja, Meister Alan", Susan lächelte leicht. Sie wollte ihr Glück nicht herausfordern, indem sie weitere Fragen dazu stellte, wann Andrew ihm von ihrem Wunsch nach einem Bürowechsel erzählt hatte oder warum er so schnell zugestimmt hatte, stattdessen nickte sie und verließ leise den Raum und ließ die Männer reden.

Anne war begeistert, Susan vorerst ganz für sich zu haben, und unterhielt sich fröhlich, während sie den Flur entlang gingen, um sich die Büros anzusehen. Als sie sich dem ersten näherte, erkannte sie es und drehte sich mit großen Augen zu Anne um. „Ich möchte niemanden aus seinem eigenen Büro werfen!"

„Oh, süßes Ding", grinste Anne. „Das tust du nicht. Sie melden sich ehrenamtlich. Tatsächlich wette ich, dass sie versuchen, dich dazu zu bringen, ihr Amt zu übernehmen."

„Warum sollten sie das tun?" Susan war erneut verwirrt.

„Jeder der Männer ist ein Top-Manager, der gute Arbeit geleistet hat, um zu verhindern, dass sein Portfolio nach der Nachricht von… nun, wissen Sie, zusammenbricht. Welches Büro Sie auch immer wählen, darf in Alans Büro einziehen, und er wird in Ihre Suite ziehen." Ich werde ausziehen. Es ist eine Win-Win-Situation, wenn man darüber nachdenkt." Anne erklärte.

„Warum hat Alan nicht einfach selbst mit mir getauscht?" Susan war über Annes Erklärung amüsiert.

„Weil du dich in letzter Zeit wie eine verwöhnte Göre benimmst und er wollte, dass du selbst entscheidest, damit du deine Meinung in ein paar Monaten nicht ändern kannst", Anne zuckte mit den Schultern und unterdrückte ein Lächeln, als sie Susans entsetzten Gesichtsausdruck sah stachelige Worte.

„Ich war ziemlich schrecklich zu euch allen, nicht wahr?", gab Susan zu. "Es war nur..."

„Wir verstehen das, Schatz. Trotzdem ist es schön, einen Blick auf die Susan zu werfen, die wir kannten. Vielleicht erinnerst du dich jetzt daran, wer deine Freunde wirklich sind." Ich bin in den letzten zwei Tagen wieder aufgetaucht, ohne auch nur einen Anruf zu tätigen, um ihr Bescheid zu geben und vielleicht einen Termin mit ihr zu vereinbaren.

Susan wusste nicht, wie sie sich für die gemeinen und verletzenden Dinge entschuldigen sollte, die sie all ihren Freunden gesagt hatte, die ihr nur in ihrer Trauer helfen wollten. Stattdessen sagte sie nichts und war dankbar für ihr Verständnis und ihre Vergebung. Sie hatte es vermieden, sie wiederzusehen, wohlwissend, dass eine Entschuldigung notwendig war, aber es schien, als wäre es zu spät für Anne, der Art nach zu urteilen, wie sie jetzt mit Susan sprach.

Wie vorhergesagt, schwärmten alle Führungskräfte von Susan und verkauften die besten Punkte ihrer einzelnen Büros, aber es war einer der Assistenten, der ihr bei der Entscheidungsfindung half. Der Manager selbst war ziemlich typisch für den Alpha-Männchentyp, den es in diesem Unternehmen gibt. Rhys Muldoon war groß, gutaussehend und muskulös, und er begrüßte die beiden Frauen selbstbewusst und begrüßte sie in Abwesenheit seiner Assistentin in seinem Büro.

Nachdem sie einen flüchtigen Rundgang durch das gut ausgestattete Büro erhalten hatten, wollten sie gerade gehen, als ein makellos gekleideter junger Mann hereinstürmte. „Anne! Bin ich zu spät?" Er präsentierte ihnen Kaffee und ein paar kleine Gebäckstücke und ermutigte alle, in den bequemen Stühlen Platz zu nehmen und den Snack zu genießen. „Liebling, wenn ich weiß, dass Alan und Andrew dich den ganzen Tag fertig gemacht haben, wie geht es dir, Freundin?" Er drückte Susans Hand, bevor er ihr den Teller mit den Leckereien anbot.

Anne brach in schallendes Gelächter aus, als der junge Mann kaum zu Wort kam und Susan weiterhin eine Frage nach der anderen stellte . Rhys unterbrach den Vortrag mit einer schroffen Zurechtweisung. „Vielleicht würden sie deine Fragen beantworten, wenn du ab und zu Luft holst", sagte er mit einem leisen, gefährlichen Flüstern. Entsprechend gezüchtigt lehnte sich der junge Mann auf seinem Stuhl zurück und blickte die Mädchen gespannt an.

„Nein, du bist noch nicht zu spät und Susan geht es großartig, nicht wahr, Schatz?" Anne antwortete ihm.

„Das ist wunderbar, danke", Susan zeigte auf das perfekte kleine Gebäck, „Ich bin am Verhungern, es hätte zu keinem besseren Zeitpunkt kommen können."

„Entschuldigen Sie bitte, Miss Biancotti, ich habe dringende Arbeit", sagte Rhys und stand von dem bequemen Stuhl auf.

„Oh, es tut mir so leid", Susan stand sofort auf, als wollte sie gehen.

„Bitte bleiben Sie, Patrick wird schmollen, wenn Sie nicht zulassen, dass er Ihnen die Details zeigt , die er dem Büro selbst hinzugefügt hat, und den ganzen Klatsch von Ihnen beiden erfährt." Der Mann lachte über den entsetzten Blick, den Patrick ihm zuwarf, und fuhr fort: „Lassen Sie sich Zeit. Ich bin mir sicher, dass es keine Eile gibt. Wenn ich weiß, dass Andrew und Alan über ein kleines Detail in dem, worüber sie reden, streiten werden." Der Mann nickte und verließ den Raum.

„Und deshalb liebe ich ihn", schwärmte Patrick, als er sich wieder den Frauen zuwandte. „Nun, da du doch noch nicht mit einem Prinzen aus dem Nahen Osten durchgebrannt bist, brauche ich den ganzen Klatsch", grinste er Susan an.

"Machst du Witze?" rief Anne aus und ließ Susan nicht für sich selbst sprechen: „Sie ist hierher zurückgekehrt und hat ein neues Büro gefordert, wahrscheinlich eine neue Assistentin, und sie spricht neue Meister vor , als ob sie die Wahl hätte, wen sie will. Dieses kleine Mädchen hat eine Menge Mut gemacht." während sie weg war." Sie warf lachend den Kopf zurück, während sie Susan neckte. Die Wahrheit war, dass sie sich betrogen fühlte, weil Susan ihr nichts von ihren Plänen mitgeteilt hatte. Robert hatte sie zur Vertrauten seiner Sklavin gemacht und Anne hatte sich für Susans engste Freundin auf dieser Welt gehalten. Susan hätte ihren Rat einholen oder zumindest mit ihr über ihre Pläne sprechen sollen, hatte aber offensichtlich mit anderen gesprochen.

„Oh mein Gott, so ist es überhaupt nicht!" Susan schnappte nach Luft. „Wirke ich so schlecht? Ich wollte nur noch einmal mit dem Training beginnen, das Robert für mich geplant hatte, und auf eine Art und Weise zur Arbeit zurückkehren, dass ich nicht ständig an ihn und die Schuldgefühle erinnert werden würde, die ich empfinde, dass er mich dabei gerettet hat." sowohl er als auch Tony..."

„Gestorben", endete Patrick für sie und warf Anne einen harten Blick zu. „Meine Güte, Anne, das war selbst für dich ein bisschen zickig."

„Oh Liebling, beruhige dich, das war ein Witz", Anne legte einen Arm um Susans Schulter. „Du musst härter sein, werden die Leute noch viel Schlimmeres sagen, genau wie sie es getan haben, als du Roberts Halsband genommen hast, erinnerst du dich? Wir haben damals über alles geredet."

Susan nickte und lächelte schief, sie hatte einfach nicht damit gerechnet, so etwas aus Annes Lippen zu hören, schließlich waren sie Freunde. Sie kaute nachdenklich auf ihrer Lippe und nahm ein weiteres kleines Gebäck.

„Sie ist auch eines dieser Mädchen, die alles essen können und nie zunehmen, können Sie das glauben?" „Fügte Anne mit einem Grinsen hinzu, was Susan mit dem Kauen innehalten ließ. Anne lachte, aber Susan konnte erkennen, dass unter der Oberfläche ihrer scharfsinnigen Bemerkungen Wut schlummerte, und sie fragte sich, warum.

„Du weißt, was sie sagen, Anne, wenn du nichts Nettes sagen kannst, dann halt verdammt noch mal die Klappe. Komm schon,

Susan, lass mich dir diesen Ort richtig zeigen", sagte Patrick leichthin, nahm ihren Arm und führte sie durch den großen Raum. „Ich habe wirklich keine Lust, unser kleines Liebesnest zu verlassen", zwinkerte Patrick und brachte sie zum Lächeln. „Naja, nicht für ein Büro der gleichen Größe mit einer nur unwesentlich besseren Aussicht, ich habe ewig gebraucht, um es hier genau hinzubekommen." Wenn Sie uns andererseits Ihre Suite anbieten würden", grinste er und ließ sie offen, „Welche anderen Büros haben Sie sich angesehen?"

Susan zählte die Namen der anderen Führungskräfte auf, die sie besucht hatte , und Anne fügte den Namen des letzten hinzu, den sie direkt hinter ihnen noch nicht gesehen hatten.

„ Du hast das also alles selbst gemacht?" fragte Susan und zeigte auf die Einrichtung, die dem großen Büro eine gemütliche und warme Atmosphäre verleiht.

„Natürlich, genau wie Anne Alans fabelhaften Raum umgestaltet hat. Die meisten Assistenten, die sich gut mit ihrem Meister auskennen , neigen dazu, sich um diese Seite der Dinge zu kümmern", Patrick freute sich offensichtlich über das unausgesprochene Lob, das von Susan kam.

„Vielen Dank, dass du mir all deine wunderbaren Geheimnisse hier gezeigt hast. Mir gefallen besonders die versteckten Paneele in den Wänden, es fühlt sich so warm und gemütlich an", schwärmte Susan. „Aber ich glaube, meine Zeit ist schon lange abgelaufen und wir haben es immer noch." noch eins, das wir uns ansehen müssen, also sollten wir gehen.

„Robert hat dich in eine schwierige Lage gebracht und dich hier zu einem unbedeutenden Partner gemacht. Anne hat recht, die Leute werden reden und gemeine Dinge sagen, mach einfach weiter, was du tust. Es wird alles klappen und die Leute werden sich daran gewöhnen." „Irgendwann", lächelte er sie aufrichtig an.

Sie gingen in den kleinen Empfangsbereich des Büros, wo Patricks Schreibtisch stand und der auf den weiten, offenen Flur hinausging.

Das Trio zuckte überrascht zusammen, als Rhys, der den Raum zuvor verlassen hatte, von seinem Stuhl an Patricks Schreibtisch aufstand und die drei stirnrunzelnd ansah. Ohne jede Einleitung sprach er bestimmt zu ihnen: „Patrick führt Miss Biancotti durch das nächste Büro auf ihrer Liste und bringt sie dann zu Andrew und Alan zurück. Ich glaube, ich würde gerne ein Wort mit der lieben Anne sprechen."

„Ja, Meister", sagte Patrick und führte Susan von der Szene weg, von der er sicher war, dass sie sich zusammenbraute. Susan sah besorgt aus und kaute auf ihrer Lippe, aber Patrick war wie gewohnt gesprächig und beruhigte sie: „Dieses Mädchen ist so beliebt. Du weißt, dass sie eine Domme war, bevor sie hier zur Arbeit kam. Jeder respektiert immer noch ihre Meinung; sie hat einen wirklich guten Verstand." aus geschäftlichen Gründen, auch wenn ihres vor einiger Zeit Pleite ging und sie sozusagen Robert und Andrew brauchte, um sie zu retten. Nun, das sind alte Nachrichten, hier sind wir", sagte er lächelnd und hielt in seinem ständigen Geschwätz inne.

Susan betrat ein Büro, dessen Einrichtung man nur als spartanisch bezeichnen konnte. Es schien überhaupt keine Dekoration zu geben und die Einrichtung bestand aus einem großen Schreibtisch mit harten Kanten und mehreren unbequem aussehenden Stühlen.

„ Nun , es ist eine leere Leinwand", sagte Patrick fröhlich. „Ich glaube nicht, dass der Besitzer Unordnung mag, oder?" Susan schüttelte leise lachend den Kopf.

Sie machten sich auf den Weg zurück zu Alans Büro und unterhielten sich langsam über allgemeine Dinge innerhalb des Unternehmens; Susan kam zu dem Schluss, dass sie Patrick wirklich mochte. Er ignorierte den Tod von Robert und ihr anschließendes Verschwinden nicht, machte aber auch nicht darauf aufmerksam. Er war stark genug, um zu sagen, was er fühlte, ohne unhöflich zu klingen, und er war wirklich ein guter Gesellschafter.

Sie betraten voller Anspannung ein Büro und Susan war sich nicht sicher, was passierte, also schwieg sie und blickte die Gruppe von Menschen an.

„Nun, das klingt alles fair und ich werde mich morgen ausführlicher damit befassen", sagte Alan schließlich in die Stille hinein. „Danke, dass Sie mich darauf aufmerksam gemacht haben. Ich war in letzter Zeit etwas abgelenkt", gab er zu. „Lass uns essen gehen und bei einem langen Abendessen vor dem Stakeholder-Treffen über die Ergebnisse sprechen. Haben Sie Ihr Auto oder Fahrrad mitgebracht?" fragte er Andrew.

Susan sah Anne während des Austauschs an. Sie wirkte gedämpft und erwiderte ihren Blick nicht, als die Männer Pläne für ihren Abend machten und Rhys den Raum verließ, während Patrick sich freundlich verabschiedete und ihre Pläne mit den besten Wünschen überbrachte. Als sie losfuhren, um zu dem von Alan vorgeschlagenen Restaurant zu fahren, bemerkte Susan, dass Anne nicht bei ihnen war und blickte stirnrunzelnd über ihre Schulter, während Anne an ihrem Schreibtisch Platz nahm, während sie auf den Aufzug warteten.

„Anne muss sich um einige wichtige Dinge kümmern", erklärte Alan, als er ihren Gesichtsausdruck und den Blick sah, den sie Anne zuwarf. Susan nickte, aber wieder einmal blieb ihre Lippe zwischen ihren Zähnen stecken. Sie betraten den Aufzug und fuhren schweigend nach unten.

Als Alan zur Rezeption ging, um sich zu melden, wandte sich Susan an Andrew und sagte leise: „Es tut mir leid, wenn ich mich wie ein verwöhnter Bengel verhalten habe, der zurückkommt und von allen verlangt, ihre Zeitpläne um mich herum zu ändern."

„Sie haben nichts verlangt. Sie kamen mit einem Vorschlag zu mir und fragten, ob er umgesetzt werden könne. Dann gingen Sie bei allem Kompromisse ein, als wir darüber diskutierten. Anspruchsvolle Leute fragen und besprechen nichts, und ein verwöhntes Göre wäre gestampft." Ihr Fuß und nicht kompromittiert", hatte Rhys ihnen erzählt, was Anne gesagt hatte, und Andrew wusste, wie sehr sich die scharfen Worte ihrer Freundin auf die zerbrechliche Tapferkeit ausgewirkt hätten, die Susan aufgebracht hatte, um in die Welt zurückzukehren, die er und Alan gewesen waren besorgt, dass sie nach dem Mord an ihrem Meister aufgeben würde.

„Du musst uns sagen, was du gerade brauchst", fuhr er fort und zog sie sanft an sich. „Was Sie durchgemacht haben, war, gelinde gesagt, traumatisch, und ich glaube, dass Sie angesichts der Urteile anderer Menschen sehr mutig sind. Sie können nicht jeden abfälligen Kommentar berücksichtigen, manchmal gibt es andere Gründe, warum Menschen die Dinge sagen, die sie sagen." sagen."

„Ich fühle mich im Moment nicht sehr mutig", flüsterte Susan.

„Anne war ein wenig verärgert darüber, dass du sie nicht angerufen und ihr gesagt hast, was du vorhast, und dich nicht von ihr beraten lassen hast, wie sie es früher getan hat", gab Andrew zu. „Wie der Rest von uns trauerte sie mit Ihnen um Robert und wusste nicht, was sie sagen oder tun sollte. Wir alle hofften, dass Sie zu uns kommen würden, wenn Sie dazu bereit wären. Alan und ich sind als Ihre Vormunde in einer einzigartigen Lage Du musst zu uns kommen, wenn du ein Teil der Welt bleiben willst, die Robert dir gegeben hat, aber Anne hatte gehofft, dass du sie trotzdem in Freundschaft aufsuchen würdest. Sie hätte nicht sagen sollen, was sie gesagt hat, und sie wird bestraft, wenn sie heute Abend nicht anwesend ist Aber versuchen Sie zu verstehen, dass sie Ihre enge Freundschaft einfach vermisst.

„Ich bin so ein schrecklicher Mensch", hätte Susan fast geweint. „Ich bin weiterhin so grausam gegenüber den Menschen, die mir wichtig sind, und dieses Mal habe ich mich so auf das konzentriert, was ich brauchte ..." Ihre Stimme verstummte.

„Es wird einfacher, und es gibt nichts, was nicht rechtzeitig repariert werden kann", beruhigte Andrew sie, überließ ihr aber die Schuld für ihre Taten.

„Ich gehe davon aus, dass es nach den letzten sechs Monaten eine ganze Reihe von Menschen gibt, die eine Entschuldigung und Erklärungen von mir verdienen", gab Susan zu. Sie überlegte, wie sie das machen würde, während sie zum Auto gingen und zum Restaurant fuhren.

Während des Essens teilte Alan ihr seine Ansichten zu ihrem Geschäftsplan mit. Es war roh und hatte Löcher, aber er meinte, die Mängel könnten behoben und verbessert werden, um es zu einem vernünftigen Vorschlag zu machen. Er schlug einen zweiwöchigen Geschäfts- und Schulungszyklus vor, damit sie jeden Monat sowohl bei ihrem persönlichen als auch bei ihrem Geschäftsplan Fortschritte machen konnte. Die ersten zwei Wochen der geschäftlichen Seite würde er damit verbringen, mit sich selbst oder einer anderen Führungskraft des Unternehmens die Schwachstellen in ihrem Vorschlag auszuarbeiten. Das würde bedeuten, dass sie früher oder später ein Büro und einen persönlichen Assistenten im Unternehmen benötigen würde.

„Darf ich Cassandra bitte einfach behalten?" fragte Susan etwas verwirrt.

„Natürlich", sagte Alan großmütig, „aber Cassandra hat das Rentenalter längst überschritten und Sie müssen wirklich auch andere Optionen in Betracht ziehen. Möglicherweise möchte sie nicht zurückkommen oder nur für kurze Zeit bleiben."

„Ich habe auch eine Vorstellung von den Büros", Susan kaute auf ihrer Lippe. „Es wird aber wahrscheinlich wieder so klingen, als würde ich frech und fordernd sein."

„Nach heute Abend, wenn sowohl Ihre persönlichen als auch Ihre geschäftlichen Pläne festgelegt und vereinbart wurden, bezweifle ich, dass es eine weitere Gelegenheit für Sie geben wird, frech oder anspruchsvoll zu sein, also lassen Sie es uns tun", lachte Alan.

„Nun..." Sie zögerte und holte tief Luft, bevor sie sagte, was sie dachte. „Andrew gab zu, dass er Ihnen die Führung des Unternehmens überlässt und nur für die wirklich großen Entscheidungen da ist." Andrew hob eine Augenbraue, nickte aber. „Wäre es nicht besser, wenn Alan und derjenige, der in seiner Abwesenheit die Geschäfte leitet, falls es einen gibt, die Suiten hätten, um Kunden und dergleichen zu bewirten? Ich meine, Sie beide könnten das Büro wechseln, wer auch immer die Person ist, die am besten einspringen kann." Wenn es nötig ist, kann ich mein Büro haben und ich übernehme ihres."

„Macht Sinn", stimmte Andrew zu und räumte ein, dass er kaum da war, um die von ihm bewohnten Räume zu nutzen.

„Ich denke, es könnte zu früh sein, die Struktur von Roberts Struktur zu ändern. Es gab mehrere Männer, die in den letzten sechs Monaten von unschätzbarem Wert waren und mit dazu beitragen, dass das Unternehmen immer noch große Gewinne für uns alle erwirtschaftete." " Alan hat sich abgesichert.

„Aber sie hat Recht", sagte Andrew ernst. „Robert hätte das Geschäft nie allein in meinen Händen gelassen. Er war immer derjenige, der das Unternehmen leitete, und da die jüngsten Ereignisse so sind, wie sie sind, sollten wir, also Sie, wahrscheinlich darüber nachdenken, wer das Schiff steuern könnte, wenn etwas Unvorhergesehenes passierte." Alan nickte, schien aber wegen der Diskussion besorgt zu sein.

„Hat dir der Abend mit Wildman gefallen?" Fragte Alan und wechselte das Gespräch schnell. Er brauchte Zeit, um darüber nachzudenken, was Susan und Andrew gesagt hatten, und fragte sich, ob er als neuer CEO eines so großen und profitablen Unternehmens zur Zielscheibe wurde.

„ Ja , danke", Susan errötete tief, bevor sie hinzufügte: „Vielen Dank."

„Gut, dann wird heute Abend ein Kinderspiel. James wird allen sagen, was zu tun ist, und wir werden ihn unterstützen. Es sollte schnell vorbei sein", grinste Alan Susan an. „Das war ein sehr cleveres kleines Manöver, das du da gemacht hast, Kleiner." Sie erwiderte sein immer noch errötendes Lächeln und sie sprachen über die Ausbildung und die verschiedenen Meister, die Robert angesprochen hatte, um ihre Ausbildung zu ergänzen. Schließlich schaute Alan auf seine Uhr und erklärte, sie sollten gehen.

Als sie im Club ankam, hatte Susan Angst, dass sie sich umziehen sollte, aber Alan und Andrew brachten sie direkt zum Treffen. Als sie die große Höhle betrat, sah sie sich um und bemerkte die Leute, die sie kannte. Sie lächelte sie alle an und kniete unbeholfen in ihrem Kleid zwischen Alan und Andrew nieder. Die Zwillinge waren mit ihren Mädchen angekommen; James hatte Sara nicht mitgebracht; Auch Bill war allein und unterhielt sich mit Josie und ihrem Mädchen Gian. Barry und Cinthia standen leicht voneinander entfernt, Barry und Gregory standen in ihrer Nähe. Es schien, als wären alle zu früh angekommen, und Susan spürte, wie sich ihr der Bauch umdrehte, als sie die Blicke ertrug, die ihr alle zuwarfen.

„Gut, wir sind alle hier. Barry , du hast dieses Treffen einberufen, also lass uns weitermachen", sagte Andrew ernst.

„Wir sollten zuerst das Sklavenfleisch loswerden", erklärte John Goodman und sah sich um.

„Schicken Sie Ihre, wenn Sie möchten, aber der Rest kann so bleiben, wie es ihn betrifft", sagte Barry abrupt. Er brachte seinen Fall zum Ausdruck, dass Robert sich an mindestens fünf der anwesenden Meister gewandt hatte , um bei der Ausbildung seiner Freundin Susan zu helfen. Er hielt es immer noch für angemessen, dass sie die Schulung erhielt, die er für sie geplant hatte, um ihr dabei zu helfen, sichere, vernünftige und einvernehmliche Entscheidungen in ihrem Lebensstil zu treffen. Er fuhr fort und erinnerte die Dominanten an Mädchen, die sie alle kannten und die sich in einer ähnlichen Situation befanden, weil sie nur teilweise trainiert waren und ungünstige Matches mit Meistern machten , die selbst neu in ihrem Lebensstil waren. Er sprach davon, dass er Susan vor Kurzem ein Angebot gemacht habe, dass sie zurückgekehrt sei und dass Andrew sich entschieden habe, von Roberts ursprünglichem Plan abzuweichen. Er hielt es für nur richtig, dass Susan zuerst seine Ranch besuchte , um an der von ihm angebotenen Ausbildung teilzunehmen. Schließlich setzte er sich hin und öffnete seine Arme, als wollte er andere dazu auffordern, sich zu Wort zu melden.

„Mir scheint", sagte James langsam und bedächtig, „dass Sie sich völlig irren, wenn Sie Roberts Plan, dieses kleine Mädchen auszubilden, als Grund für die Unterbrechung dessen anführen, was in den letzten vierundzwanzig Stunden passiert ist." Susan kümmert sich zuerst um Ihre Ranch. Er blickte auf alle Dominanten im Raum, die ihre Aufmerksamkeit erregten.

„Sehen Sie", er nahm Susans Arbeitstagebuch vom Schreibtisch vor sich, „im wahren Zeitplan, der von Robert selbst erstellt wurde, war meine Sara die Erste, gefolgt von Shaky, Samantha und dann Cinthia und Anne. Es gibt einen." Der Name des Mädchens wird an jedem der fünf Tage ihrer Arbeitswoche geschrieben." James legte das offene Tagebuch zurück auf den Tisch, damit andere es sehen konnten.

„Dieses Buch war hier in der Höhle. Andrew hatte natürlich nach Informationen über die Ausbildung gesucht, die Robert eingerichtet hatte. Nachdem er dies gesehen hatte, kontaktierte er mich bezüglich Susans Bitte, ihre Ausbildung nach Ihrem unangekündigten Besuch bei Susan bei ihr wieder aufzunehmen Rückzug", sagte James und ließ Barrys Beweggründe hinterlistig erscheinen. Es gab ein Gemurmel unter den anderen Meistern , das er eine Minute lang andauern ließ, bevor er seine Hand hob. „Ich bin ein alter Mann und Sara ist mehr als genug für mich, also habe ich einen Mann, den ich betreut hatte und dem ich Saras Leben anvertrauen würde, gebeten, an meiner Stelle die kleine Susan zu erziehen."

„Ich sehe darin kein Problem; Andrew ist zusammen mit Alan ihr Vormund", Bill zuckte mit den Schultern und brachte seine Meinung zum Ausdruck. „Es sollte wirklich nichts mit den Stakeholdern zu tun haben, sie ist weder Eigentum des Clubs noch hat sie Einfluss auf dessen Führung. Sicherlich ist es am besten, diese Angelegenheit in die Hände ihrer Erziehungsberechtigten zu legen." Bill hatte die Ereignisse in Italien immer noch nicht verarbeitet. Er glaubte, dass der Verlust seiner Freunde und das Trauma, das Susan durchgemacht hatte, hätten vermieden werden können, wenn er nur schneller darin gewesen wäre, die Teile von Luzifers Identität zusammenzusetzen. Schuldgefühle plagten ihn und es fiel ihm schwer, mit Susan im selben Raum zu sein und ohne Robert über ihre Zukunft zu sprechen.

„Genau meine Meinung", stimmte James zu. „Ich glaube, dass dieses überstürzte Treffen nur einem kleinen Mädchen Kummer bereitet hat, das mutig versuchte, die Scherben seines zerstörten Lebens wieder aufzusammeln." Er sah Barry bedeutungsvoll an.

„Das war überhaupt nicht meine Absicht", sagte Barry mit etwas Wut in der Stimme. „Mein Aufruf zu diesem Treffen war nicht hinterhältig, nur um eine klare Kenntnis von Andrews Handlungen und Absichten zu erlangen. Ich möchte nur, dass Susan in Sicherheit und glücklich ist."

„Das ist es, was wir alle wollen", stimmte James zu, „sonst wäre keiner von uns gekommen, um zu sehen, worum es geht. Da wir aber alle hier sind, möchte ich den Meistern, die Robert gemacht hat, eine neue Idee vorlegen." Herantreten und denen, die er nicht hatte, die Gelegenheit geben, Susan durch Andrew ihre Führung anzubieten." Erneut hielt er inne , um zustimmendes Murmeln und Nicken zu hören. „Ich würde vorschlagen, dass, wenn einer von Ihnen immer noch bereit ist, dem Kleinen eine Ausbildung anzubieten, erwägen Sie, einen Mann zu wählen, dem Sie vertrauen und der Sie vorzugsweise selbst betreut haben. Er könnte diese Ausbildung durchführen, wenn Sie möchten, unter Ihrer strengen Aufsicht, aber nicht ..." Allerdings sollte während der Ausbildung eine starke Bindung zu jemandem entstehen, der in der Zukunft vielleicht ihr Meister werden kann."

„Einverstanden", sagte John Goodman überraschend. „Von welchem Zeitrahmen reden wir? Das Training für ein Mädchen, das zu mir kommt, würde meiner Meinung nach länger dauern als die meisten anderen, da es sich um eine anspruchsvolle Übung handelt, die Tanz- und Bewegungsstile umfasst."

„Außerdem muss sie zu dem Unternehmen zurückkehren, in dem sie jetzt kleinere Teilhaberin ist, daher werden wir die Ausbildung zwischen den Arbeitsverpflichtungen verschieben", fügte Alan dem Gespräch hinzu. „Wir haben über zweiwöchige Intervalle nachgedacht. Wenn das nicht genug Zeit ist, können wir mit dir verhandeln, John." John nickte und lehnte sich zurück, um das kleine Mädchen zu betrachten, das diesen Aufruhr verursacht hatte, und fragte sich, ob sie stark genug war, um als Sklavin von Gor behandelt zu werden.

„Ich bin dabei", sagte Steve. „Rufen Sie mich einfach an, um den Zeitpunkt festzulegen, und ich werde sehen, ob mein Mann verfügbar sein kann."

„Du könntest mich gerne zu deiner Liste hinzufügen", Josie winkte mit der Hand, „Robert hat mich nicht gefragt, aber sie kann genauso gut die Erfahrung einer umfassenden Ausbildung machen." Andrew nickte und Susans Augen weiteten sich ein wenig, als Gian sie schüchtern anlächelte.

„Komm her, Kleiner", sagte James leise zu Susan. Sie entfaltete sich unsicher und stand auf, sodass er sie auf seinen Schoß ziehen konnte. „Sie haben gehört, was wir alle gesagt haben, aber wie immer haben Sie die Wahl. Ich kenne Robert gut genug, um zu wissen, dass er Ihnen bei großen Lebensentscheidungen immer die Wahl gelassen hat. Ihre Fähigkeit, dieses Leben zu wählen oder nicht, ist Ihr größtes Kapital", lächelte er bei ihrer. „Hier ist also Ihre Chance, gehört zu werden, Sie sind hier in Sicherheit und wir werden Ihnen zuhören."

„Darf ich bitte aufstehen, Meister James", sagte Susan leise. James lächelte und half ihr auf die Beine.

„ Zuerst möchte ich Ihnen allen dafür danken, dass Sie heute Abend gekommen sind. Viele von Ihnen kennen mich kaum und doch haben Sie alle zugehört und dem Gesagten zugestimmt. Ich habe in meiner Trauer schlecht gehandelt und meine Freunde und die Freunde von mir ausgeschlossen." Meister, und ich entschuldige mich aufrichtig dafür", sie blickte Cinthia demonstrativ an, bevor sie ihren Blick auf die anderen Mädchen richtete, die aufmunternd lächelten.

„Tatsächlich hatte ich nicht darüber nachgedacht, die Ausbildung, die mein Meister eingerichtet hatte, wieder aufzunehmen, bis Meister Barry und Cinthia mich besuchten, aber die Idee gefiel mir sehr, weshalb ich zurückkam und mit Meister Andrew sprach. Das werde ich." Ich halte mich gerne an das, was für mich beschlossen wurde, und habe nicht damit gerechnet, dass die Dinge so schnell umgesetzt werden. Ich bin ein wenig überwältigt und möchte jedem von Ihnen für Ihr Angebot danken, meine Ausbildung fortzusetzen. Ich respektiere und vertraue sowohl Meister Andrew als auch Meister Alan und ich hoffe, dass ich mit ihrer Hilfe meinen Meister Robert stolz auf die Art und Weise machen kann, wie ich mich entschieden habe, weiterhin so zu leben, wie er es wollte, auch wenn er nicht mehr da ist ." Ihre Stimme verstummte und sie zog ihre Schultern zurück, um sich zu zwingen, nicht zu weinen.

„Ich verstehe, dass Sie alle ein geschäftiges Leben haben und dass es schwierig sein kann, sich in die Ausbildung eines Mädchens einzufügen, das nicht Ihr eigenes ist. Sollten Sie Ihre Zeitpläne oder die anderer für mich ändern , werde ich mein Bestes tun, um zu beweisen, dass ich es wert bin." Ich würde heute Abend sehr gerne zu William Wilder zurückkehren und Ihnen, den Meistern , die ich so sehr respektiere, und Herrin erlauben", Susan neigte ihren Kopf zu Josie, „den Weg zu ebnen, was als nächstes passiert."

„Soll ich sie heute Abend zu Wildman zurückschicken, Barry?" fragte James.

„Was Sie gesagt haben und was Susan selbst gesagt hat, hat mich dazu bewogen, meine frühere Aussage zurückzuziehen. Ich werde jedoch jede Woche ihre Situation überprüfen, um ihre Sicherheit und ihr Glück zu gewährleisten", sagte er ernst.

„Vielleicht wäre ein unparteiischer Schiedsrichter am besten", schlug James vor, „Vielleicht könnte Gregory, der sich hier so gut um die Mädchen kümmert, wöchentlich für Sie Bericht erstatten. Ich glaube, er hat jetzt einen zweiten Platz hier im Club und wird es vielleicht genießen." neue Aufgaben übernehmen."

„Er ist bereits ein vielbeschäftigter Mann ..." Barry versuchte, den Faden festzuhalten, der ihn mit Susan verbinden würde, bis sie zum Training zu ihm kam.

„Es wäre eine interessante Abwechslung", unterbrach Gregory seine Worte. Zwischen Andrew und Barry gab es seit Roberts Tod Spannungen , und er konnte dies als einen weiteren Streitpunkt betrachten, obwohl er in Wirklichkeit die Gelegenheit begrüßte, für Susans Sicherheit zu sorgen, wie er es in den letzten sechs Monaten stillschweigend getan hatte.

„ Nun , wenn das vorbei ist, muss ich los", Bill stand da und konnte die Traurigkeit in der Stimme des kleinen Mädchens nicht länger ertragen. Es gab ein zustimmendes Murmeln und mit einer Armbewegung verließ er den Raum. Auf seinen Vorschlag hin gingen mehrere der anderen Beteiligten, nachdem er die Spannung zwischen Andrew und Barry gespürt hatte, die ohne ihre Anwesenheit besser gelöst werden könnte. Innerhalb von fünfzehn Minuten waren es Barry, James, Andrew und Alan, die bei Gregory blieben, der dicht bei Susan schwebte.

„Ich werde Susan und Cinthia zu ihrer Wohnung begleiten, damit sie sich umziehen kann, wenn es noch mehr zu diesem Thema zu sagen gibt", bot Gregory an und erkannte intuitiv, dass James wahrscheinlich der beste Mann war, um in die Spannungen zwischen Andrew und Barry wegen Susans einzugreifen Das Wohlergehen, bevor es sich herausstellte, wurde zu einem größeren Problem.

Als Gregory die Tür schloss, hörte er James sagen: „Wenn Sie Ihr Ego lange genug beiseite gelegt hätten, um Andrew anzurufen und zu fragen, hätten Sie das alles vermeiden und das kleine Mädchen noch mehr unter Druck setzen können."

Die Mädchen schwiegen, als sie mit dem Aufzug nach oben fuhren, und Gregory ließ Susan in ihre Wohnung. Er nahm in einem bequemen Stuhl Platz, als sie Susans Zimmer betraten.

„Cinthia, es tut mir leid, ich musste es Andrew sagen, er kommt dem Meister im Moment am nächsten. Ich musste es ihm sagen, ich habe in letzter Zeit nicht die besten Entscheidungen alleine getroffen", begann Susan.

„Du hättest immer noch mit mir reden können, Anne, mit jedem der Mädchen...", sagte Cinthia mit verletzter Stimme.

„Und was dann? Einfach zur Ranch weglaufen ? Sind Andrew oder Gregory gekommen und haben mich zurückgezerrt, um mich zu erklären?" Sagte Susan frustriert. „Ich weiß nicht, wie es dir oder den anderen Mädchen geht, aber ich habe so viele Leute, die alles beobachten, was ich tue. Wenn ich zu oft furze , werde ich zum Arzt gejagt!" Sie saß auf der Bettkante, den Kopf in den Händen. „Es scheint, egal was ich tue, es ist das Falsche und das schon seit Roberts Tod. Vielleicht hätte ich mich einfach verstecken sollen, anstatt zurückzukommen, aber jetzt ist es zu spät, also muss ich das Beste daraus machen."

Cinthia setzte sich neben sie auf das Bett und legte einen Arm um ihre Schulter. „Du warst schon immer die kleine, unschuldig wirkende Person, Anne und ich wollen dir nur helfen, auf dich aufpassen, auf unsere eigene Art. Du redest nicht mehr mit uns darüber, was mit dir los ist, seitdem..." Cinthia seufzte. „Sie hat mich unter Tränen angerufen, bevor du angekommen bist. Sie hat ein paar gemeine Dinge gesagt, aber du musst wissen , dass sie wirklich nichts davon so gemeint hat. Wir sind deine Freunde, wir wollen nur helfen, und du scheinst es zu sein." uns ausschließen.

„Es tut mir leid, aber bis letzte Nacht war ich mir nicht einmal wirklich sicher, ob ich das wollte", versuchte Susan zu erklären. „Ich weiß nicht, wer ich ohne Robert bin , aber es fühlte sich gut an, einen Meister zu haben, der nicht das Bedürfnis verspürte, mich wie ein kaputtes Spielzeug zu behandeln oder als ob ich jeden Moment zerbrechen könnte. Es fühlte sich gut an, nicht nachdenken zu müssen." , gehorche einfach. Das ist es, was ich jetzt brauche, und es ist das Einzige, worüber ich mir sicher bin. Ich möchte nicht mehr darüber sprechen, was in Italien passiert ist. Ich möchte nicht darüber sprechen, wie ich mich fühle oder dass ich Im Moment geht es mir gut. Ich möchte nicht allen anderen helfen, mit ihrer Trauer umzugehen, indem ich diese Details noch einmal durchlebe. Ich habe Albträume, ich zucke bei lauten Geräuschen zusammen, ich möchte nicht mit all den Leuten da unten über Robert und wie sprechen Ich habe das Gefühl, ich muss weitermachen oder verrückt werden.

Cinthia nickte, ihr war nicht klar gewesen, wie negativ sich die guten Absichten auswirken würden, Susan in ihrer Nähe zu haben, damit sie sich um sie kümmern und mit ihr reden konnte. Sie stand auf und ging in den Kleiderschrank, durchsuchte die Kleidung, während sie über Susans Worte nachdachte. „ Nun , wenn Sie entschlossen sind zu gehen, tragen Sie besser etwas Passendes", sagte sie mit ihrer tiefen, satten Stimme.

„Er wird auf seinem Fahrrad sein, also wären Stiefel praktisch", sagte Susan leise und runzelte die Stirn über den Stimmungswechsel.

„Wenn ich mich recht erinnere, ist er ein Fan des versauten Schulmädchen -Looks." Cinthia zog einen Faltenrock mit Schottenmuster und eine hauchdünne weiße Bluse hervor. Susan lachte halb traurig, nickte und nahm Cinthia die Kleidung aus den Händen.

Eine Stunde später schritt Wildman in die Höhle des Clubs, hob Susan im Tragegriff eines Feuerwehrmanns hoch und grunzte Andrew zu: „Ich werde sie Sonntagabend zurückbringen." Dann ging er, ohne die anderen Leute im Raum zur Kenntnis zu nehmen. Er setzte sie auf den Rücken seines Fahrrads, gab ihr eine Jacke und einen Helm, bevor er aufstieg, und das Fahrrad erwachte unter ihnen zum Leben.

Sie kamen in seiner Lagerwohnung an und fuhren in die Garage. Noch bevor sich das Rolltor geschlossen hatte, wurde Susan Helm und Jacke ausgezogen und erneut über die breite Schulter gebündelt im Griff eines Feuerwehrmanns, während er zwei Stufen auf einmal hinaufstieg. Als er durch den riesigen Lagerraum schritt, blieb er schließlich in der hintersten dunklen Ecke des schwach beleuchteten Raums stehen. Er setzte sie auf das kleine, halbhohe Bett, auf dem sie in der Nacht zuvor geschlafen hatte, und begann, in dem kleinen Bereich Kerzen anzuzünden. Es kam Susan so vor, als hätte er einige Zeit gebraucht, um sich auf ihre Rückkehr vorzubereiten.

„Es ist spät", knurrte er sie schließlich an, „Du hast mich viel zu lange auf deinen Anruf warten lassen."

„Es tut mir sehr leid, Sire", sagte Susan zerknirscht, wohlwissend, dass sie ihn nicht früher hätte kontaktieren können, als sie es getan hatte.

„Das wirst du", sagte er mit einem Grinsen. „Stehen", befahl er. Susan stand auf und er fuhr mit einer Hand über ihr Bein, um ihre Fotze zu betasten. „Dafür hatte ich eine Regel", seine Stimme wurde leiser und seine Finger schlangen sich um den dünnen Stoff, rissen ihn mit Gewalt von ihrem Körper und ließen sie auf ihn zustolpern. Er ergriff sie mit seinen Händen, hob sie hoch und hängte sie über die Rückenlehne des Ledersessels; Sie stellte fest, dass sie ihre Hände auf den Kissen abstützen musste, da die hohe Rückenlehne sie gefährlich baumeln ließ. Sie hörte, wie der Gürtel durch seine Gürtelschlaufen pfeifte, als er ihn abnahm, und sie wartete angespannt auf den ersten Schlag.

Susan spürte eher seine Hand als den Gürtel an ihrem Hintern, als er die runden Wangen streichelte und den Rock , den sie immer noch trug, hochzog. Die sanften, zärtlichen Berührungen verwirrten sie, es war nicht das, was sie nach letzter Nacht und heute Morgen von ihm erwartet hatte. Sie hatte erwartet, wie ein Sexspielzeug behandelt und hart benutzt zu werden, nicht gestreichelt und mit Sorgfalt behandelt zu werden.

„Du warst zu spät und hast Unterwäsche getragen. Dir ist klar, dass ich einen so absichtlichen Verstoß gegen die Regeln nicht ungestraft lassen kann", säuselte Sire mit sanfter Stimme, während seine Hand sanft über ihre Haut strich. Als er sah, wie sie sich unter seiner sanften Berührung entspannte, hob er den Gürtel, den er mit der anderen Hand verdoppelt hatte, und ließ ihn zweimal gegen ihren Hintern fallen, wobei er sich in einem Achtermuster bewegte und jede Wange des perfekt gerundeten Hinterns markierte. Zufrieden mit ihrem Quieken schlug er erneut nach ihr, bevor er fragte: „Erinnerst du dich an dein Sicherheitswort?"

„Ja, Sire", wimmerte sie, „Fruitloops, Sire."

„Und möchtest du es nutzen?" Sein Arm schwang erneut in einem Achterbogen und färbte ihren Hintern noch weiter.

„Nein, Sire", schrie Susan.

ließ den Gürtel fallen , hob sie hoch und stellte sie vor den Stuhl, während er sich setzte und ihr Handschellen und Kragen anlegte. Seine Hand glitt ihr Bein hinauf und spielte mit ihrer Fotze, während er ihr Handschellen anlegte. „Verdammt heiße kleine Schmerzschlampe", stöhnte er, als seine Finger in sie eindrangen und in die tropfende Nässe hinein und wieder heraus pumpten, was sie vor Verlangen keuchen ließ. „Du liebst es, nicht wahr, böses Mädchen, keuchend wie eine läufige kleine Schlampe?" Er zog seine Finger zurück und drückte sie tief in ihren Mund, sodass sie würgte, während er beobachtete, wie sich ihr tränenüberströmtes Gesicht sanft verfärbte.

„Zieh dich aus", befahl er und zog seine Finger von ihrem Mund. Er staunte noch einmal über das perfekt geformte, zierliche junge Mädchen, ihre Brüste hoch und kräftig, aber trotz der geringen Größe immer noch rund, ihre Hüften eckig, aber er stellte sich vor, dass sie sich mit etwas Gewicht wunderschön zu dem herzförmigen Hintern krümmen würden, den sie trug die Zeichen ihrer Bestrafung. Er spürte, wie sein Schwanz vor Anerkennung hart wurde. Er bemerkte das kleine, feinlinige Tattoo, das darauf hindeutete, dass sie jemandem gehörte, der sie für immer als sein Eigentum behalten wollte, es aber vorerst ignorierte, da er wusste, dass es für das Mädchen, das es trug, wertvoll war.

Sire zog Susan nach vorne und schlang seine Lippen um eine Brustwarze, spürte, wie die harte Knospe unter seiner Zunge rollte, bevor er hineinbiss und sich zurückzog, um das Fleisch ihrer Brust zu dehnen. Susan keuchte und biss sich auf die Lippe, unterdrückte einen Schrei, als er ihn losließ, nur um zu spüren, wie eine Krokodilklemme in ihre Brustwarze biss, aber als sein Mund sich an der zweiten Brustwarze bearbeitete, wimmerte sie, als seine Zähne in das Fleisch bissen und es von ihrem Körper streckten. Sie schrie auf und zitterte, als die zweite Klammer befestigt wurde.

„Heulsuse", neckte er, „wir haben noch nicht einmal den spaßigen Teil erreicht", kicherte er und hielt eine dritte Klammer an einer langen Kette hoch, die an der an ihren Brüsten befestigt war. Susan saugte an ihrer Lippe zwischen ihren Zähnen und blinzelte Tränen aus ihren glasigen Augen, während er spürte, wie seine freie Hand begann, ihre Fotze zu streicheln, seine Finger schnell ihre Klitoris fanden und rollten. Sie keuchte, als sie nach einer scheinbaren Ewigkeit die verräterischen Anzeichen eines bevorstehenden Orgasmus spürte, sie spürte die Klemme an dem winzigen Noppen, der zu diesem Zeitpunkt das ganze Zentrum ihres Wesens bildete. Sie schrie auf, ihr Körper zitterte vor Not und Schmerz. Das weiße, heiße Licht des exquisiten Schmerzes brannte sich in ihr Gehirn und seine Hände hoben sie hoch, als ihre Beine begannen, sich zu weigern, ihr Gewicht zu tragen.

Er zwang sie, sich rittlings auf die Armlehnen des Stuhls zu setzen, auf dem er saß, und lehnte sie zurück, so dass sie fast kopfüber auf seinen ausgestreckten Beinen lag. Er drückte drei Finger einen nach dem anderen in ihr enges kleines Loch, fickte sie damit, streckte sie weit und lauschte ihrem hysterischen Schluchzen vor Lust und Schmerz.

„Komm , du fieser kleiner Mistkerl", brüllte er sie an und sie krümmte sich und heulte den Orgasmus aus, der ihren Körper erschütterte und sie zucken und verkrampfen ließ, als sie in ein Hoch schwebte, das sie so lange nicht mehr gespürt hatte.

Sie nahm kaum etwas anderes wahr als die Ströme elektrischer Schmetterlinge, die an ihrem Körper auf und ab flatterten und ihre Gedanken zum Schmelzen brachten. Als sie langsam in die Realität zurückkehrte, stellte sie fest, dass sie jetzt über seinen Beinen auf ihrem Bauch lag und seine geschmierten Finger in sich hatte enges Arschloch, das es mit einer Scherenbewegung weit dehnt.

Schwer keuchend flatterten ihre Augen und sie stöhnte und wimmerte darüber, dass er ihren Körper nach solch einem überwältigenden Orgasmus weiterhin benutzte. Als Sire sah, wie sie begann, sich zu bewegen, hob er sie in eine sitzende Position über seinem jetzt steinharten Schwanz, ihre Beine spreizten immer noch die Armlehnen des Stuhls und hielten sie an Ort und Stelle. Er schlang einen Arm um ihre Taille und zwang sie, ihren jetzt gestreckten Hintern auf seinen Schwanz zu senken, während er ihn auf das Loch zeigte, das er vorbereitet hatte. Laut stöhnend, als der Kopf das Portal betrat und das winzige Loch ihn fest umklammerte, genoss er das Gefühl von ihr und die Geräusche ihrer Unterwerfung unter seine dunklen Wünsche.

Er legte beide Hände auf ihre Hüften, drückte sie schwer auf seinen Schwanz, vergrub sich in ihr und knurrte tief vor Vergnügen. Er grub seine Finger in ihre Hüften und begann, sie an seinem Schwanz auf und ab zu bewegen, knurrte ihr ins Ohr und spielte mit der Kette, die immer noch ihre Brustwarzen mit ihrer Klitoris verband. Als er spürte, wie sich sein eigener Orgasmus viel zu schnell näherte, drückte er sie hart auf seinen Schwanz, ließ sie erneut aufschreien und zog sie zurück an seinen Körper. Er griff um sie herum und löste vorsichtig die Klemme an ihrer Klitoris. Er spürte, wie sie vor Schmerz zitterte und schrie. Ihr Körper wölbte sich fest und drückte ihn fester auf seinen Schwanz.

Sire begann, ihre Fotze zu versohlen, ohne viel Kraft, aber genug, um den Schmerz, den sie spürte, in ihren kleinen Körper zu fließen, während die Muskeln um seinen Schwanz arbeiteten. „Komm, zeig mir, was für eine Schmerzhure du wirklich bist", stöhnte er in ihr Ohr und schlug weiterhin nass auf ihre Fotze. Die Klammern an ihrer Brustwarze hüpften bei jedem Schlag und jeder Bewegung an seinem Schwanz und Susan heulte in den großen Raum hinein, ihr Gehirn beugte sich seinem Willen mit dem Schmerz und der Lust, die er ihr bereitete.

Es war mehr, als Sire ertragen konnte, und er hob sie leicht hoch und drückte sie zu seinen Füßen auf den Boden, während sie vor Orgasmus zitterte. Sie nahm eine Handvoll ihrer Haare, fütterte sie mit seinem Schwanz und begann, ihr Gesicht zu ficken, ihr Mund war weit aufgerissen und schnappte nach Luft, ihre Augen rollten fast in ihrem Kopf, während Tränen über ihre Wangen liefen. Er zog die Klammern von ihren Brustwarzen und übertönte ihre Schreie mit seinem Schwanz, während ihr Orgasmus sie weiterhin erschütterte, und er spritzte seine schwere Ladung über ihre Zunge und ihr Gesicht.

Er ließ ihre Haare los, ließ sie schließlich auf den Boden fallen und blickte auf das kleine Mädchen hinunter. Er hatte sie hart gedrängt und wollte, dass sie ein Sicherheitswort sagte . Tatsächlich konnte er nicht glauben, dass sie es nicht getan hatte, aber Cassandra hatte ihn gewarnt, dass sie alles nehmen würde, was ihr gegeben wurde, und darauf vertrauen würde, dass der Dominante ihre Grenzen kennt, auch wenn er ihr unbekannt war. Ihre Unschuld und Naivität in diesem Lebensstil waren etwas, das Robert geschätzt hatte, und er hatte ihre Ausdauer gegenüber dem Schmerz, den er ihr zufügte, aufgebaut und sie dazu gebracht, sich danach zu sehnen. So wie sie jetzt war, war sie jedoch gefährlich, sie musste sich ihrer eigenen Grenzen der Belastbarkeit bewusst werden.

Es beunruhigte ihn sehr, dass sie keinen Sinn für Selbsterhaltung hatte, während sie beobachtete, wie ihr kleiner Körper selbst in ihrem teilweise komatösen Zustand immer noch leicht zuckte; Er erkannte, was die Priorität sein musste und warum er als ihr erster Trainer ausgewählt worden war, als sie zu ihrem Lebensstil zurückkehrte. Er hob sie hoch, brachte sie zu seinem großen Bett und holte eine Schüssel und einen Waschlappen, um sie sorgfältig und sanft zu reinigen. Er schlüpfte zu ihr ins Bett, hielt sie fest und erinnerte sich daran, was Cassandra ihm über Roberts Tod erzählt hatte. Er war gestorben, als er sie beschützte, und sie war unter seinem Körper eingeklemmt und mit seinem Blut bedeckt gewesen, bis der Fahrer des Wagens sie herausziehen konnte, und dann war der Mann gefahren, als er an seinen eigenen Wunden starb, um sie zu holen sie in Sicherheit.

Sie brauchte in vielerlei Hinsicht Training, aber vor allem brauchte sie Heilung. Er hielt sie in seinen Armen, starrte an die Decke und überlegte, wie er ihr beibringen könnte, dass Selbsterhaltung weitaus wünschenswerter ist als Gehorsam und blindes Vertrauen in eine Dominante.

ENDE